숲
정원

영미의 숲 정원

Young Mee's Forest Garden

숲 감성으로 치유를 경험하다

최영미 글

詩와에세이

예술과 문화의 고장 유럽을 누비면서,
미국의 광활한 대륙을 종횡무진 하면서도
고국의 숲속 손바닥만 한 뜰이
그토록 그리워지는 이유는 무엇일까?

프롤로그

숲이 그런 것처럼

사랑받을 권리로, 표현하는 기쁨으로
어린아이처럼 누리는 숲 정원

손바닥만 한 작은 정원이어도
삶의 축제를 벌이는 곳

입가에 번지는 미소들과 터져 나오는 웃음소리
함께 울어주며, 꾀꼬리 소리에 함께 춤추는 곳

우리의 머리에 월계수와 각양각색 꽃 화관이
씌워져 있는 그곳

그곳에서 마음의 천국 이루어요

숲이 그런 것처럼

숲 정원에서 말이에요

2022년 여름 숲 정원에서

최영미

차례_

제2부

제3부

제4부

제5부

제6부

제1부

호기심으로 물어오는 사람들을 위해, 그리고 나 자신을 위해, 추억이
빛바래 희미해지기 전에 이 이야기를 바구니에 차곡차곡 담기로 했어요
숲 작은 집에서 시작된 나의 한 조각의 꿈, 이제는 누군가에게
영혼의 치유와 행복에 대해 소소히 들려주고 있네요

하얀 겨울 산에서 나 홀로

온통 하얀 눈에 뒤덮여 겨울왕국처럼 보이는 숲에서 일주일 동안 고립된 시간을 보낸 적이 있었어요. 숲으로 온 첫 겨울이었어요. 눈 쌓인 숲에서 산토끼와 고라니 발자국이 그려진 오솔길을 따라 한없이 걷곤 했어요.

시리도록 새하얀 숲, 나무 사이사이 비치는 햇살, 간혹 지저귀는 새들, 코끝에 와 닿는 투명한 숲 내음, 신비감과 경이감으로 창조주를 만난 듯 숲을 관찰하기 시작했어요. 인적 없는 숲에서 몇 날을 지내는 동안 고독했으나 내면은 차분해졌어요.

숲은

숲은

과학, 인문학, 신학, 생물학, 지질학, 고고학,

물리학, 문학, 음악, 미술…

셀 수 없는 학문과 예술의 세계가 펼쳐져 있어요

숲은

호기심, 동기부여, 관심과 사랑으로

매일매일 창조성으로

우리를 눈 뜨게 해요

숲은

생명의 호흡으로

바위틈에서, 마른 나뭇가지와 이파리 사이에서도
꿈틀거리며 움트고 피우죠

숲은
거침과 울퉁불퉁 호락호락하지 않음에서
인생을 배우며 헤쳐 나가고
이겨나가는 용기와 지혜도 선사해요

숲은
상생과 상부로 사람과 함께 가기도 하며
포용의 힘과 너그러움도 있어
강력한 회복과 세월을 따르며 신기한 자생의 능력도 있지요

숲은
한 방울의 물조차 소중히 여겨
우리에게 생기를 불어넣고
생명의 맑은 물을 흐르게 하지요

그래서 숲을 아끼고
그래서 숲이 좋고

그래서 숲을 사랑하고

그래서 나는 숲으로 가지요

그 숲 정원은 어떤 곳

"그 숲 정원은 어떤 곳?"

"그 숲 정원에서 무엇을?"

사람들은 그렇게 물어왔어요. 나 자신을 포함해서, 거의 모두가 그러한 반응을 보이는 것은 이상한 일이 아니었어요. 2008년부터 시작된 이 이야기를 처음 듣는 사람들은 동그래진 눈을 깜빡거리며 애써 상상하는 모습을 보이거나 고개를 갸우뚱거리곤 했어요. 그리고는 조심스레, 호기심에 그렇게 물어오곤 했어요. 몇몇의 사람들은 어느 외국영화 속에서 본 듯하다고, 언젠가 꿈속에서 본 듯하다며 이곳을 갤러리나 미니 박물관으로 별명을 지어주기도 했고, 때로는 카페나 티 룸으로 부르기도 했어요. 하지만 그 어느 이름도 만족스럽게 이 숲 정원을 묘사하기에 적당하지 않다는 게 내 생각이었어요.

이 작은 숲 정원에서 사람들의 웃음소리가 고요하던 정적을 가르며 꾀꼬리 가족을 숨죽이게 하던 봄날. 빠알간 고추잠자리들이 파란 하늘을 쌍쌍이 배영하던 어느 가을날. 숲속 마을에 신고도 없이 나타난 아낙과 작은 눈으로 뚫어지게 바라보며 기 싸움을 하던 다람쥐들이 허락도 없이 처마 밑으로 이사를 와 잠을 설쳐야 했던 그 초겨울 밤.

그 무렵에 미국 시인 헨리 데이비드 소로가 쓴『월든』숲 이야기를 즐겨 읽곤 했어요. 약 2년의 시간을 도시와 사람들을 떠나 숲속에서 홀로, 때론 소수의 사람들과 교제하는 삶의 이야기였지요. 아름답고 감동스런 책과 마주하면서도 묘한 반감과 흥미진진한 의구심이 들었어요. 그 시간이 이 숲에서 나에게 주어진다면 더 많은, 더 다양한 사람들과 더 자주 소통한다면 더 흥미진진하고 의미 있지 않을까 하는 생각이었지요.

자신에 대한 이해와 존중, 그리고 수수께끼 같던 타인에 대한 이해와 배려도 숲이 주는 선물이고 깨달음이었어요. 숲에서 숲을 통해 변화를 경험한 이후로 사람이 사랑스러워졌고 사람들이 그리운 존재로 다가오는 현상이 신비스러웠어요.

지금 돌이켜보니 그렇게 사람들을 그리워하는 이는 나뿐만 아니라 숲도 그런 것 같았어요.

숲 정원 꿈꾸기

산골 외진 계곡에서 내려오는 실개울의 바위틈에서는 언제나 사시사철 조롱~ 조로롱~ 영롱한 소리를 내었어요. 이곳에선 언제나 심호흡을 들이켜게 하는 향을 뿜어내는데, 흙과 이끼와 안개, 음이온의 수분이 묘하게 조합된 향수 같아요.

10여 년의 유럽에서의 방랑 생활을 청산하면서 우리 부부는 고국에 돌아가면 노래 후렴구처럼 언덕 위에 하얀 집을 짓자는 꿈을 이야기했어요. 가족들, 지인들과 오손도손 어울릴 수 있는 집이면 충분하다는, 작은 집에 대한 꿈이었지요.

오랜 전원주택 건축 계획에 종지부를 찍으며 제일 먼저 실행에 옮긴 것은 도심지에 있는 아파트를 팔아 산속 마을의 산 중턱에 있는 작은 대지를 구입하는 일이었어요. 그리고 이 마을에 방 한 칸을 빌려 거주하며 집을 짓기 시작했어요. 이 과정은 상당히 용기와 결단이 필요했지만 우리 부부가 모두 시골에서 자란 어린 시절의 추억 덕택인지, 오랜 꿈이 현실로 이루어지는 나날이어서인지 신나고 흥분된 시간이었어요.

대지를 병풍처럼 휘감는 청벽산은 벚나무와 참나무가 주종을 이루고 있어 봄이 되면 부드러운 연분홍, 진분홍 벚꽃과 여리여리한 연둣빛 벚나무 잎이 몽글몽글 어우러져 신비함과 몽환적인 경치가 펼쳐졌지요. 그리고 가을에는 유난히 많은 참나무의 이파리들이 가을 풍경을 더욱 진하게 물들였는데 이파리들이 떨어진 겨울 숲을 거닐 때는 바스락거림이 이른 봄까지 이어져 숲이 더욱 청각을 자극했어요.

무엇보다 땅을 일구기 전 제일 먼저 한 일은 앞 실개울과 도롱뇽과 버들치, 송사리, 가재들을 보호하기 위해 긴 하수관을 마을 앞까지 연결해내는 것이었어요. 그리고 건축 디자인도 스스로 하고 마지막엔 건축가의 감수를 받아 건축공학적인 면, 설계적인 면에서 안전한지를 점검하는 과정을 거쳤어요.

독일 베를린에 거주하면서 알게 된 에너지 절약형 골조를 들여와 집을 건축하였는데 그 집을 짓는 공정은 예상보다 오래 걸렸어요. 당시에 한국에서는 생소한 건축자재이어서 어느 건축업자도 이 자재에 대한 지식, 정보와 경험도 없었던 상황이었어요. 건축업자와 독일 사장님의 의사소통을 위해 통역으로 집을 짓는 과정에 함께했지요. 이런저런 난관에 봉착하며 30% 이상의 예산 추가도 발생하였어요.

막상 힘들었던 건축 공정이 끝나자 집의 외양은 덩그러니 세워졌지만 포클레인으로 파헤쳐 놓은 앞뒤 뜰이 문제가 되었어요. 붉은 흙더미들이 비라도 내릴라치면 마치 피를 토해내듯 콸콸 흘러내리곤 했는데 도심지에서는 좀처럼 볼 수 없는 광경이라서 공포감마저 들었어요.

조용하던 숲속에 정적을 깨뜨리더니 이제는 물리적 균형조차 깨뜨려 놓았다며 자연이 원망과 분노를 토해내는 듯했지요. 자연에서 멀리 떨어져 살 때는 느껴보지 못하는 생소한 경험들로 내 평온하고 둔한 의식들이 깨어나기 시작했죠.

그 이후로는 누구라도 개발을 명분으로 집 주위에 불도저를 들이대고 산을 파 일구거나 자연을 훼손하는 일을 목격하면 두렵기도 하고, 화가 나, 자연을 있는 그대로 놓아두라고 만류하며 말다툼하기도 하였어요.

거저, 흡족히 주는 숲

이주해 살면서 시골에서 농사를 지으며 공동체를 운영하는 한 목사님의 글을 읽어본 적이 있어요. 밭에 채소나 곡물을 심기 위해 밭을 만드는 과정에 그곳에 있는 모든 나무와 풀들을 잘라내야 했는데 잘려 나가는 풀과 나무들이 아우성치는 소리를 듣는 것 같았다고 해요.

잘려 나가는 나무속에서 토해내는 진액을 보면서 한 생명을 살리기 위해 다른 생명이 희생되어야 하는 자연의 진리를 보며 큰 감동으로 다가왔다고 해요.

덩치 큰 나무는 다른 식물을 살리기 위해 무기력하게 잘려져 나가야 했고, 진한 수액이 흘러내릴 때, 다른 많은 생명을 살리기 위해 물과 피를 쏟는 신의 아들 형상이 생각나 그곳에 주저앉아 통곡하고 말았다는 숲에서 신학의 원리까지 터득하는 이야기였어요.

동화책 『아낌없이 주는 나무』의 그림과 글처럼 숲도 마찬가지로 그 이상의 감동을 언제나 주며 숲에 관한 진리를 이야기해주더라고요.

나무는 자라면서 아름다운 꽃을 통해 사람들을 기쁘게 해주고 그 후에는 싱싱한 열매나 과일로 양식을 제공해주고, 나무 이파리는 지나가는 나그네에게 시원한 그늘을 제공해주는 것, 그리고 급기야는 따듯한 불쏘시개와 땔감으로 자기 몸을 내어주고, 그리고 몸뚱이가 잘려 나간 흔적, 그루터기에는 많은 사람이 앉을 수 있는 의자가 되어 준다는 이야기.

숲은 늘 그렇게 감동을 줄 뿐만 아니라 거저, 흡족히 내주었어요. 대지의 뒤 언덕배기에는 누가 심었는지도 모를 산두릅, 땅두릅, 머위 등, 봉긋 피어나는 산나물이 지천이어서 가족, 지인들과 나눠 먹고도 모자람이 없었어요. 이름을 하나씩 알아가는 새들도 파악을 다 못 할 만큼 무수하고, 가을이면 금방 피었다 사라지는 총천연색 버섯들의 세계도 신기하기만 해요. 숲의 이슬 한 방울이 높은 봉우리에서부터 흘러내려 산등성이를 따라 계곡으로 흘러 그 물은 집 앞 실개울로, 마을 앞 금강으로, 그리고 우리가 마시는 물과, 바다로 흘러가는 소중한 한 방울이 되는 의미까지요.

숲 정원 가꾸기

이제껏 그리 친근하게 와 닿지 않던 숲과 자연에 대한 새로운 경외심과 연민이 싹트게 되었던 것일까요. 그동안 집을 짓느라 파헤쳐 놓은 땅도 보듬어주고 할퀴어진 상처를 달래주어야겠다는 다짐으로 주변의 환경을 다듬고 가꾸는 등, 이마와 등에 흐르는 땀을 벗 삼아 정원을 보듬으며 가꾸기 시작했지요.

우선 정원은 '자연을 통제하지 않으며, 자연과 어우러지고 자연을 존중하는 기능과 외양이면 더 아름다울 것'이라는 소소한 정원에 대한 철학을 품었어요. 프랑스의 기하학적 대칭이 강조된 맘모스 정원보다는 영국풍의 자연스런 코티지 가든의 매력이 인상적이었기에 소박한 꽃들과 야생화, 함께 어우러져 조화를 이루도록 나름의 디자인을 해두었지요.

어디 있어도 존재감이 두드러진 장미나 라일락, 작약 등도 그 특성과 아름다움에 맞추어 돋보이도록 위치를 정하여 식재를 하였어요. 이미 터를 잡고 뿌리를 견고하게 내리고 있는 사철 피는 이름 모를 꽃들은 나의 특별한 보살핌이 없이도 피고 지고 반복하며 초연한 자태로 나의 시야에 들어왔지요.

나의 눈은 그동안 무엇을 보았고 나의 귀는 무엇을 들어왔는가? 나의 눈은 보고 있어도 보지 못했으며, 나의 귀는 듣고 있어도 제대로 들은 적이 없었던 거 같았어요.

내가 씨 뿌리지도 심지도 않은 이 꽃들은 누가 씨 뿌리고 심어두었을까? 이름 모를 꽃들에 대해서 생물학적, 화학적, 물리적 생태계를 과학으로 설명할 수 있다 해도 이 오묘하게 아름답고 기발한 디자인, 개성, 색감의 오묘한 조화는 무엇으로 설명할 수 있을까?

왜 나는 이 모든 것을 설명하려 드는가? 아니다, 오히려 이기적으로 느끼고 감상하고 누리는 감성적 필요와 만족을 채우기에도 벅찬 순간이란 걸 깨닫게 되었어요. 숲을 감상하고 누리기에는 그다지 많은 돈이 필요하지 않아서 나에게는 가성비 좋은 욕구 충족의 기회였고 최고 높은 리뷰를 달기에도 충분했어요.

물론 오랜 시간의 경험을 통해서 이 숲 정원 환경에 어울리는 꽃은 이웃의 정원에 살아남아 있는 아이들로 선택하는 게 가장 쉽다는 걸 알았지요. 꽃씨나 모종을 얻기도 하며, 서양에서 꽃씨 도둑은 도둑이 아니고 꽃씨 도둑은 오히려 세상을 밝게 하고 아름답게 만든다는 귀여운 속

담처럼 꽃씨도 받아 보관해두었다 뿌리기도 했어요.

뒤뜰에는 텃밭을 가꾸며 허브와 채소 등으로 샐러드와 상큼한 겉절이용 농사를 지었어요. 동네를 오가며 만나는 나이 지긋하신 농부님의 부지런함과 하늘 이치에 순응하는 겸손함과 살아 있는 경험에서 나오는 지혜를 배우며 심심하게 존경하게 되는 계기도 되었어요.

어느덧 정원은 점점 시간이 흐르며 소박함과 자연스러움을 갖추기 시작했고, 정원을 가꾸기 시작한 지 어언 3년이 흐르자 가끔 숲속 작은 정원을 지나치는 사람들의 얼굴이 밝아지는 것을 목격하게 되었지요. 정원을 보며 화사한 미소를 띠는 사람들을 보며 보기 드문 모습들에 의아했어요.

아마도 사람들은 누구나 에덴 숲의 향수로 마음 정원을 하나씩 꿈꾸고 있다고, 그리고 언젠가 거닐게 될 천국 정원을 그리기 때문일 것이라는 나름의 소견을 갖게 되었어요. 집 앞을 지나는 사람들의 그늘 없는 미소와 알 수 없는 행복한 표정, 그들이 웃을 때면 나도 웃고 있었는데 그 이유를 그때는 알아차리지 못했어요.

허황된 꿈꾸기

숲속을 지나가는 사람들의 미소가 그냥 좋았고 사람들의 웃음이 마냥 좋다는 동기부여로 시작된 꿈꾸기는 가장 가까이에 있는 남편이 이해하기에도 모호했던 거 같아요.

숲을 창조한 창조주의 아름다움과 온유함으로 스스로 치유되어 살아낸 정서로 마음이 상한 자와 피폐한 자들에게 건강한 감성을 전해주고 싶다는 메시지를 품고 잉태한 나의 꿈에 황당해하기 일쑤였지요. 글로벌 마케팅 분야에서 수십 개 국을 오가며 수십 년을 몸 담고 있는 그 남자의 경제 논리나 경영 논리로써 그녀의 꿈은 허무맹랑한 것이었지요. 부부가 전 재산을 투자해 사경을 헤매며 지은 집을 불특정 다수를 위해서 거저 공개하겠다는 그녀의 꿈은 일장춘몽이었고 '뜬구름 잡는 허황된 이야기'에 불과한 것 같았지요.

사람들의 얼굴에 미소와 웃음이 이 집과 무슨 상관이 있고 더군다나 그 남자에게는 무슨 의미가 있느냐는 것, 게다가 자기 아내의 체력으로서는 감당하기 힘든, 청소와 차 준비와 집과 정원의 단장, 그리고 그녀가 '축제'라고 부르는 사후의 뒷정리…. 아무리 생각해도 어리석은 일을 자처하고 나선 그녀의 계획은 그 남자에겐 선전포고와도 같은 것이었어요. 하지만 늘 빈번히 해외 출장을 나서며 한적한 산골에 그녀 혼자 덩그러니 남겨두고 떠나야 하는 안쓰러움과 미안함에 일장춘몽을 만류할 수 없는 상황에 그 남자는 더욱 난처해했지요.

하지만 꿈은 허황해서 더 매력적이니까, 꿈은 부요할 수 있으니까, 꿈은 견딜 수 있으니까, 누구의 지지와 이해도 받지 못한 꿈을 잉태하고 품기 시작했어요.

또, 또, 또, 정원 가꾸기

우리가 정원을 가꾸는 이유는 사람들이 함께 정원을 누렸으면 하는 바람이 있기 때문이었어요. 함께 나누고 느끼고 감상하는 마당을 조성하는 것은 나와 다른 사람을 위한 배려라는 걸 꽃을 가꾸고 자연을 소중히 여기는 분들은 동감하실 거예요.

산골에서는 도시보다 봄이 더디 오는 것 같았어요. 도시에선 노랑, 분홍 봄 처녀들이 봄을 먼저 알려줄 때 산골에서는 여전히 계곡에 잔설이 남아 있지요. 가끔 앞산과 뒷산에서 종달새가 "그래도 봄은 온다네, 그래도 봄은 온다네" 지저귀곤 했어요.

봄이 올 것이라는 믿음으로 때로는 호들갑을 부릴 때도, 대지는 여전히 묵묵히 그리고 엄숙하고 경건한 소생의 채비를 하더라고요. 동네 노인들은 벌써 밭을 예쁘게 갈아 두시고 그 밭에 들깨, 참깨, 그리고 콩을 심기 위해 두둑을 만들어 놓으시는데 농기계가 지나간 발자국이 아름다운 유선형을 그리며 들판에 그림을 그려놓지요. 가지런히 정렬된 대지 그대로의 흙색 논과 밭들은 캔버스의 어떤 유화보다 아름다웠어요.

이 시기엔 가끔 독일에서, 미국에서 학업 중이던 딸이 부활절 방학이 되어 돌아오는 시기여서 함께 마당 잔디 위에 누렇게 퇴색된 지난해 잔디를 갈퀴로 긁어내고 겨우내 이불로 덮고 지나던 구절초의 낡은 덤불도 긁어내었어요. 딸은 이렇게 정원 가꾸기 발걸음을 떼었고, 후에는 스스로 강자갈 한 트럭을 손수레로 옮기어 쿠바식 허브 정원을 만들기도 했어요.

양지바른 곳에서 자줏빛 할미꽃이 인자하게 인사를 하는 날, 수선화의 초록색 이파리들이 모두 고개를 내밀고 있지요. 하기사 이 녀석들은 늦은 폭설에도 하얀 얼음보숭이 사이에서 버틴 강인한 녀석들이거든요.

가족이 함께 자연에서 터질 듯 봉오리에 이슬이 맺힌 장미도 보고 진딧물에 지쳐 예쁜 모습이 망가져 있는 장미 이파리 속에서 적자생존의 자연 세계를 보기도 하며, 동토의 땅에서 불굴의 의지를 굽히지 않고 기어코 새싹을 내미는 생명체를 볼 때마다 함께 탄성을 지르기도 해요.

천국 정원을 거닐듯이

사람들에게 아름다운 과실과 꽃들이 만발한 천국 정원을 조금이라도 누리는 기쁨을 잠시라도 제공해줄 수 있다면, 사람들 마음이 천국의 정원을 거닐 듯 가벼움과 부드러움, 그리고 아름다움으로 일상을 맞이할 수 있으면 하는 소망으로 꽃과 과실나무도 심고 가꾸었어요.

남편인 그 남자는 그녀의 꿈이 실현된 첫 번째 '미소'와 '웃음'의 수혜자였다는 사실을 알고 있을까요? 아직도 그녀가 겸손히 비밀에 부치고 있다는 것을 그 남자는 알고 있을까요?

풀 한 포기 시원하게 자라지 않던 숲

1900년대 미국의 언더우드 선교사가 본토에 보낸 일부 편지에서 그는 한국을 이렇게 묘사하고 있다고 해요. "풀 한 포기 시원하게 자라지 않는 나라 조선."

가는 숲마다, 동네 어귀마다, 동네 하천가마다 푸르름과 총천연색으로 피어나는 꽃들을 보며, 우거진 숲의 간벌 현장을 보며 100년 전 한 선교사가 본 우리나라 숲 역사 기록은 믿어지지 않아요.

한 나라의 수출입 무역 규모 등의 경제력이 그 국가의 국력을 평가하는 잣대라면 한국은 급속도로 성장한 주목받는 나라이지요. 백화점 안에는 세계적인 명품 숍들로 차 있고, 식당마다 넘쳐나는 음식들과 다 소비하지 못하는 쌀과 음식물 처리 시설 문제로 골머리를 앓고 있다는 소식들도 듣곤 해요.

이 많은 상품들이 본연의 용도와 목적으로 사용된다면 더할 나위 없이 좋은 일이지만 넘쳐나는 형형색색의 입을 거리들, 특히 고급 의류들도 상표를 떼기도 전에 화물로 취급되어 1kg당 약간의 운송료를 받고 이웃 나라들로 팔려나가고 있다는 뉴스도 듣곤 해요.

경제적 축복이 음식으로 넘쳐나 음식물쓰레기 처리로 고민하는 나라, 과도한 소비와 쏟아지는 의류, 최근에는 이웃 나라에서 들어오는 어마어마한 저가의 의류들로 산더미를 이루고 있어요. 이러한 음식과 의류에 대한 과소비, 패스트 소비를 하는 우리 모습을 보며 자연을 보호하고 돌볼 책임에 대해 많은 생각을 해보곤 해요.

여전히 의식주의 문제로 헐벗고 굶주린 자들의 이야기도 들려올 때마다 우리 음식과 옷을 기꺼이 나누기에 대한 긴박성을 가져보며 내가 이 산골에서 미력하나마 할 수 있는 일을 고민도 해보았죠.

우리 숲을 보존하기 위해 작은 힘이지만 협조하는 것, 수자원, 음식자원을 절약하는 것, 사용치 않는 물건을 나눔으로 온정을 실천하는 것, 가정 경제를 합리적, 경제적으로 하도록 도와주는 일, 헌 물건을 당당함으로 거래할 수 있는 것 등.

다람쥐 안식처를 강탈

초가을이 시작되면 밤새 비바람에 떨어진 나뭇잎들이 마당에 수북하게 쌓여요. 앞산에 나무들도 몸에 치장했던 것들을 홀가분하게 다 벗어버리죠. 초록이 무성했던 여름을 지나, 나무마다 열매 맺는 가을을 바쁘게 지나가죠. 코끝이 시리게 느껴지는 겨울이 시작되면 숲속에서의 쉼과 내려놓음이 한결 따스하고 온화해요.

집 앞 개울과 뒤의 돌담을 바쁘게 다니던 다람쥐 녀석도 보이지 않고 상수리나무에 유난히 도토리가 많이 열리는 가을. 겨우살이를 위해 도토리를 한가득 저장해둔 다람쥐의 마음과 동네 어른들이 주신 김장김치를 한가득 보관해놓은 내 마음이 동일시되었어요. 다람쥐 겨우살이에 혹시 도움이 될까 해서 뒷산에서 주운 밤들도 던져주곤 하지요.

유럽의 벨기에나 프랑스에서 에버뉴라고 이름 붙여진 도로에는, 마로니에 나무들이 줄지어 서 있는 곳이 많이 있어요. 가을이 짙어지기 시작할 즈음이면 마로니에가 가득 떨어진 거리를 사람들이 걷고 있는 그림이 무척 인상적이죠.

이 마로니에라는 열매는 옛날 임금님 수라상에 올랐다는 살이 꽉 찬 정안 밤을 닮았거든요. 한 움큼 솥에 삶아 포근포근한 그 맛을 즐기고 싶어 허리 굽혀 마로니에를 주울라 치면, 지나가는 유럽 할머니들은 이렇게 말씀하시곤 해요 "그거 다람쥐들 거예요." 사람이 먹으면 위험해서 그렇게 말씀하셨을까요? 이 마로니에가 잼으로서는 먹는 방법이 있는 것으로 보아 그런 이유는 아닌 것 같고 동물들 먹이를 우리가 차지하는 게 못마땅해서 그러신다는 것을 뒤늦게 알게 되었어요.

이 숲에 들어와 살면서 우리의 땅이라고, 우리가 살 곳이라고 멀리멀리 보낸 우리의 동물들이 생각나곤 해요. 어느 곳에서 삶의 터전을 또 위협받고 있지는 않은지 가끔 그 녀석들의 안부가 궁금해지곤 하죠. 사람이 있어 그들이 행복하고, 그들이 있어 사람도 행복한, 함께 사는 세상이었으면 좋겠어요.

빚쟁이

사실 우리 가족이 숲에 들어와 살기 전 벨기에, 독일, 미국에 살며 글로벌 수준의 예술과 문화를 향유하며, 불어와 독일어, 영어를 습득하게 된 기회가 주어졌던 것은 하늘이 준 선물이고 은총이었어요. 물론 그리 호락호락하지 않은 여정이어서 돌아가고 싶지 않은 타향살이, 나그네, 이방인 삶이었을지라도 말이에요.

예술과 문화의 고장, 유럽의 한가운데 살면서도 왠지 모를 간절한 사명감으로 끊임없이 보고 느끼고 배우는 것을 게을리하지 않은 시간이었고, 도둑질을 제외하고는 모든 것을 배우고 경험한 시절이었다는 농담 섞인 진담을 하곤 했어요. 사람들이 서로에게 배우는 기회는 널려 있고 배움을 통해 나 자신을 발견하고 발전된 자아상을 형성해 나가기도 하잖아요. 서양은 동양에서 배우고 동양은 서양에서 배우고 서로에게 배우며 발전하고 견문을 넓혀온 세계의 역사처럼요.

숲속에 들어와 살면서부터 점점 유럽에서의 삶도 추억이 되어 어딘가의 유럽적인 멜랑꼴리, 고즈넉한 앰비언스 그리고 달달한 솔리테르는 자취도 없이 점점 사라지고 있었어요. 숲의 일상에서 여유와 안정을 찾게 될 즈음, 정신과 마음이 다채로운 향유와 누림을 경험한 자로서 하늘과 또 그 누군가에게 막연하지만, 빚을 지고 있다는 부담감도 있었던 거 같아요.

맛은 맛을 보아야 아는 것이고 멋은 멋을 내보지 않으면 모르는 것이기에, 누군가를 위해 정신적, 정서적인 맛과 멋을 즐기고 누리는 기회를 마련하여 제공하며, 아름다움을 공유한다는 다소 오만한 열정이 싹튼 것이 얼마나 다행이고 고마운 일이냐며 스스로 위로하기도 하면서요.

사실 이런 꿈과 계획의 모호성이나 막연함을 구체화하기 위해 상당한 용기와 인내와 헌신이 따르게 될 것이라는 짐작은 했지만, 맛과 멋을 공유하고 소통하고자 하는 열정이 그러한 난관과 두려움을 연소해버린 황홀경 상태였는지도 몰라요.

다문화, Multi Culti

1994년 벨기에서 한국으로 돌아왔을 시기는 한국은 국가적으로 '글로벌리제이션'이란 정치적 모토로 지구촌 시대에서의 경쟁력을 권장하는 시절이었어요. 유럽에서의 경험들을 되살려 국제적 단체인 YMCA와 함께 국내외 한국문화와 예술을 소개하는 일에 정진하며 열정을 불태우기도 했어요.

그 후 시간이 지나 2000년도에 독일로 유학을 떠나게 되었고, 2006년도 독일 삶을 청산하고 한국에 정착하기 시작했을 때는 한 라디오 방송국에서 「최영미와 함께하는 사색의 뜰」과 「베를린에서 공주 산골 마을까지」 프로에서 칼럼으로 자연의 이야기와 다문화에 대한 소재로 이야기를 들려주었지요.

우물 안 개구리의 독일 체험

독일 통일 전에도 통일 후에도 독일 거주 경험이 있어요. 통일 10여 년이 지난 후에도 베를린 거리를 다니거나, 사람이 많이 모이는 지하철에서 외모와 피부색이 다른 외국인을 바라보는 시선들이 곱지 않음을 자주 목격하곤 했어요. 사람들이 없는 장소에서 마주칠 땐 샤이세(똥)란 단어로 외국인들에게 모멸감과 수치감을 주는 독일인들도 꽤 자주 만나곤 했어요. 그런 모멸감을 당하는 자신보다 외모와 피부색이 다른 외국인들에게 적대감을 안고 사는 사람들의 편견과 무지, 그리고 오만감에 오히려 동정심을 갖곤 하였어요.

2002년 한국에서의 월드컵 당시 외국인들에게 온정이 넘치며 사람들이 함께 신나고 즐거워하며 함께 울고 웃는, 한국인들을 보며 눈물 흘리기를 좋아하지 않는 독일 사람들도 종일 TV를 지키며 감동의 장면들에 함께 눈물을 보였다는 이야기를 듣곤 했지요.

특히 한국인들이 외국 손님들을 따스하고 인정스럽게 그리고 환하게 맞아주는 모습에 많은 외국인들을 다시 오고 싶은 나라로 만들었다는 이야기도 함께요. 그리고 후에 이어서 독일 월드컵도 세계에서 온 손님들을 맞이하여 성공적으로 잘 치러졌고 독일인들도 한층 글로벌 시민으로서 성숙해지는 계기가 되었다는 느낌을 바로 실감할 수 있었어요.

지구촌에서 이렇게 지구촌 시민으로서의 서로에 대한 이해와 예의, 존중의 정신이 자리 잡게 된 것, 또 세계는 넓고 광활하다는 것, 그리고 다양한 사람들이 서로 즐겁고 유쾌하게 도우면서 살아가는 것이 서로에게 더 행복한 일이란 것을 알게 되는 것은 결국 그들이 누리는 축복이며 그들을 만나는 외국인들의 축복이기도 한 셈이죠.

이제는 외국인으로서 베를린 시내를 거닐 때 욕설로 모멸감을 주는 사람보다는 건강한 호기심으로, 따스한 미소로 외국인인 나를 바라보는 사람들이 더 많아졌다는 사실은 무척 다행이에요.

이제 베를린은 세계의 많은 젊은이들이 살고 싶은 도시 중 하나가 됐어요. 그래서 외국인인 나의 시선에도 전보다 그들이 더 건강하고 행복해 보여요. 편견과 무지는 오만을 낳고 그 오만은 무시무시한 역사적인 비극을 낳는다는 것을 그들은 누구보다도 더 잘 알고 있을 터이니 더더욱 그렇죠.

편견과 무지, 그리고 오만의 우물 안에 있을 때는 우물 밖이 얼마나 광대한지 그리고 가능성이 얼마나 충만한지 모르잖아요. 우물 안이 더

머물고 싶지 않은, 고통스러운 곳이라는 것을 알게 되는 것이 얼마나 큰 축복인가요.

숲에서 치유를 경험하다

정원의 외양이 자연스러운 모습으로 갖추어지기 시작하자 정원의 내면을 가꾸는 여정이 시작되었지요. 숲에 들어와 살면서 숲을 감상하고 누리며 불만족한 마음이 행복과 감사로 바뀌는 것을 경험하고, 육체적으로 땀 흘리고 노동하고 수고하면서도 얻어지는 이 만족감과 상쾌함도 이전에 경험해보지 못한, 신비한 치유의 순간들이었어요. 행복은 머리의 의식이나 추상적인 것이 아닌, 건강하고 아름다운 실천과 감동을 통해 마음에서 느껴지는 것이니까요.

가끔 많은 분야의 사람들이 '마음 정원'이란 표현들을 언급하는 것을 듣곤 하는데 이곳 뜰에서는 구체적인 마음계발법으로 숲에서 감성을 틔우고 피우는 '숲 감성학교' 라는 내용으로 큰 틀을 정하기로 하였죠.

그리고 다년간 숲에서 경험하고, 유럽과 미국 등의 문화의 다양한 교육과 경험들을 통해 감성계발법을 정리했어요. 그리고 마음 정원 가꾸기 프로젝트를 시도하기로 하였지요.

숲에서의 생명력 있고 풍부하고 아낌없이 주는 자연환경에서 예술, 문학, 음악, 문화적 터치가 상호협업을 하면 감성의 회복과 치유의 기적이 일어날 수 있다는 개인적인 경험이 타인에게도 동일하게 이루어질 것이라는 확신에서였어요.

두 산등성이가 아이를 잉태하듯 뜰을 품고, 실개울이 물제비 지저귐에 장단 맞추어 콧노래를 부르는 숲에서는 사람이 더 그리웠어요. 도심지 빽빽한 콘크리트 빌딩 숲에서는 과연 언제 내가 사람들을 그리워해 본 적이 있었는지 이전의 무미건조하고 냉랭했던 내 자신의 마음도 발견하게 되었지요.

손바닥만 한 숲속 정원이 어떻게 천국의 기운을 띠고 사람들의 감성을 틔우고 피우도록 하여 마음의 정원을 가꾸도록 도울 것인가? 이러한 소통의 공간 '마음 정원'에 대한 모델을 만들어 실험해 보아야 하는 과제가 설정되었고, 아무리 현대인들이 콘크리트 공간에서 이웃과 담으로 차단되어 사는 삶이 익숙하다 해도, 사이버 세상에서 '접속'으로 살아가며 인간적인 교감이 소원해져도, 사람은 여전히 사람의 체취를 그리워하고, 사람의 온기가 필요한지도 몰라요.

마침 이웃에 살던 안 화가도 이곳을 '뜰'로 부르면 좋겠다고 제안을 하였는데 어린 시절 청홍색을 입은 신랑 각시가 아름다운 혼례식을 치르던 어느 시골집 뜰을 상기하며 무릎을 칠만한 적절한 단어란 생각이 들었어요. 규모로 보나 의미로 보나 '뜰'은 안성맞춤의 표현이었고, 그때 보고 느낀 혼례식 뜰은 함께 '축제'가 열리는 교류의 공간이었어요. 이러한 인연으로 안 화가는 '뜰'의 최초 전시 화가가 되었지요.

사실 유럽에서 세계적으로 유명한 정원들을 다닐 때도 그저 물리적이고 외양적으로 잘 가꾸어진 정원에서 공유와 소통의 결핍에 대한 개인적인 아쉬움과 갈망을 동시에 느끼곤 했었거든요. 이러한 로망을 가진 나에게 주위의 사람들은 이상주의자나 몽상가라고 불렀고, 숲속의 여신으로 신화에서 나올법한 여인이라고도 조롱하기도 했어요. 칭찬이든, 조롱이나 비아냥거림도 종종 바람결에 들려오곤 했지요. 그래도 여전히 몽상이 주는 풍요함과 비현실감이 주는 믿음과 낭만, 동기부여를 포기하고 싶지 않았어요.

숲에서 취미 하나 찾기

숲에 들어와 살면서 중년의 한가운데 지나는 어느 날 남편에게 "만약 다시 태어난다면 당신은 무슨 일을 하고 싶은가?" 하고 질문을 던진 적이 있어요. 남편은 의외의 대답을 했어요. "만약 내가 다시 태어난다면 악기를 연주하는 연주자가 되고 싶다" 했죠.

어린 시절 배운 기타 솜씨로 반주를 하기도 하지만, 고전음악에서 사용되는 바이올린이나 첼로, 또는 클라리넷 등을 의미하는 것 같았지요. 남편은 어린 시절 이러한 악기를 하나쯤 배웠더라면 좋았을 텐데 하는 아쉬움을 갖고 있었던 거 같아요. 마침 남편 회사에서 플루트 강좌가 열린다는 소식에 주저함 없이 플루트 레슨을 신청하게 되었어요.

6 · 25때 이북에서 피난을 온 이후 육 남매를 키우셨던 시부모님은 힘겨운 장사를 마치고 이득이 얼마고 손실과 지출이 얼마인지를 셈하는 것이 하루일과였다고 해요. 그런 형편과 여건 속에서 라디오에서나 들

을 수 있는 고전음악의 악기를 배운다는 것은 엄두조차 못 낼 일이었겠죠. 특히 남편이 아쉬워하는 또 다른 한 가지는 문화적으로나 예술적인 분위기가 전무한 환경에 대한 것이었던 듯해요. 그러한 예술적인 그리고 문화적인 환경이 꼭 부유함 속에서만 조성되는 것은 아니라는 것을 잘 알고 있으니까요.

중년의 나이에도 계속 아름다운 꿈을 꾸는 그를 보면서 때로는 스산한 밤 산골짜기 계곡에서나 울릴 듯한 굉음에도 인내해야 할 이유가 있음을 발견하게 되었어요. 요즘처럼 바쁜 생활이 일상이 되어버린 사람들에게 느긋하게 짬을 내어 마음에서 일어나는 멋이나 정취를 갖는다는 것에 박수와 환호를 아끼고 싶지 않았지요.

우리나라는 산이 국토의 70%를 차지하고 있어 누구나 쉽게 산으로 다가가기에 참 좋은 조건이고 등산은 최고의 취미로 손꼽기에도 충분하지요. 어느 분은 노년이 될 때까지 평생 자기를 진정으로 행복하게 해주고 멋있는 삶을 영위하게 해주는 취미를 갖지 못해 평생 남편과 자녀에게 의존적인 삶을 살아왔다는 한탄을 들은 적이 있어요.

한때 유럽의 유적지마다 등산복 차림의 한국단체 여행객들이 유명세를 타곤 했었는데, 고운 등산복 입고 가까운 이웃 숲을 등산하는 취미 하나로도 우리는 이미 마음 부자, 감성 부자인 거 같아요.

단물과 쓴물

고등학교 때 아담하고 예쁜 얼굴을 가진 급우가 있었는데 그 친구는 쉬는 시간만 되면 운동장 수돗가에서 세수를 하곤 했어요. 언제나 복숭아처럼 불그스레 얼굴 단장을 하려고 아니면 졸음을 쫓으려고 그렇게 세수를 하는 건지 궁금했지요.

어느 날 수돗가에서 만난 그 친구가 무심코 이런 말을 했어요. 물이 이렇게 투명하고 맑으니 신기하지 않은가, 만약에 물이 검정이라든가 분홍이라면 얼마나 끔찍하겠느냐고 하면서 그 급우는 의외로 물 예찬을 했어요. 그래서 맑은 물로 세수하는 것을 무척 좋아한다 했어요. 여고생답지 않은 심오한 물 철학을 가지고 있는 것 같아 그때 그 친구가 다시 보였지요.

좋은 물은 무색, 무미, 무취의 조건을 가져야 한다고 해요. 색이 없어야 하며, 특별한 맛도 없어야 하고 냄새도 없어야 좋은 물이라는데, 이렇게 좋은 물이 어디나 지천으로 있는 것은 아니지요.

세계에서 제일 아름다운 경치를 자랑하는 알프스의 계곡에는 석회질이 많은 회색 물이 줄줄 흐르는 경우가 많고, 인도의 강들에서 인도인들은 그 물을 신성시하며 흙이 섞인 흙탕물을 마시고 목욕을 하고 죽은 자의 시신도 그 강가에 던지기도 한다네요.

그러고 보니 여름철에 방방곡곡 심심산천 맑은 물이 흐르는 시냇물의 고마움과 소중함을 잊고 사는 것은 유죄가 아닌가요? 유럽에서는 지하수를 다 파서 썼기 때문에 더 이상 지하수가 없다고 하는 얘기를 자주 들었어요. 그래서 유럽 국가들은 지하수는 다시 생성되지 않는다며 유럽의 전철을 밟지 않도록 지하수 보존의 중요성을 인식시키곤 해요.

이미 국제적인 물부족국가로 지정된 우리나라지만 아직 우리는 맑은 물을 마실 수 있다는 것에 대해 충분히 복받은 국민으로서 감사드릴 이유가 있다고 생각해요.

그래도 이제부터는 아껴 보존해야 할 지하수와의 좋은 상호관계에 더욱 민감해져야 할 시기가 온 것 같아요. 음료수를 파는 냉장고에 아무리 이름도 낯선 새로운 음료가 즐비하다 해도 영원한, 진정한 음료는 물이지요. 합성 화학 음료는 우리를 더욱 목마르게 만들고 있기에 숲에서 흘러내리는 물 한 방울의 가치와 중요성은 돈으로 환산할 수 없는 가치라고 늘 체감하고 있어요.

뜰이 가장 아름다울 때

나는 더 좋은 세상, 아름다운 세상,
환하고 어둠이 지배하지 않는 세상을
함께 만들어가야 한다고 생각했어요

그래서 아주 작고, 추상적인 일까지 적기 시작했지요
그리고 언젠가 이 일을 함께
나눌 뜰을 꿈꾸었지요

남의 마음을 너무 아프게 하거나
억울하게 하지 말 것
내 욕심만 차리지 말 것
서로에게 친절하게 고운 화관을 씌워주듯이 대해줄 것

자연을 감상할 것
선물로 주신 자연을 보호하기 위해 노력할 것
콘크리트에 묻힌 사람들의 감성을 찾아낼 것
아름다움을 부지런히 실천할 것

뜰이 가장 아름다울 때는
사랑하는 사람들이 그 뜰을
맘껏 누릴 때입니다

바쁜 일상에서 경직된 마음이 말랑해지는 뜰
각박한 일상에서 잠시 일탈하여 꿈꾸는 뜰
천국 축제에 초대된 듯 느끼고 맛보는 뜰

아쉽게도 우리를 맞아주는 이러한 뜰이 없어요
높은 담과 꽁꽁 잠근 자물쇠로 협박하는 뜰만 있어요
사람들이 서로를 그렇게 무서워하지요

두려움과 불안감을 주는
어둠의 정서와 작태는
서로의 선택이었어요

더 좋은 뜰, 아름다운 뜰은
서로 사랑의 속삭임과
축복의 언어로 인사할 때 펼쳐져요

뜰의 풀 한 포기도 따스한 손길과
감탄의 찬사를 좋아하듯이
서로에게 감탄과 미소로 화답합니다

뜰은 내가 사랑하는 자들의 발걸음이 넘쳐납니다
나그네 된 이 세상에서 생사고락을
나눌 자들이기 때문입니다

언젠가 이 뜰에서 삶이 다하는 날에는
저 천국에서 더 아름다운 뜰을
그들과 함께 거닐게 될 것입니다

제2부

숲에서 숲을 통해 정서적인 치유의 여정이 시작되며 행복, 감사,
환희의 싹들도 스멀스멀 틔우고 피우기 시작하였어요

숲에서 감성을 틔우고 피우다

오랜 종교 생활을 하며 점점 의례와 의식이 앞서며 과연 내가 믿는 신은 누구이며, 어떤 신인가? 그리고 나는 배우고 아는 만큼 행동하고 실천하는가? 라는 아주 기본적이고 실제적인 질문을 하게 되었어요.

숲이 준 가장 큰 혜택은 생각, 신념, 철학을 무효화시키고 마비시킬 만큼, 더 풍부한 감성의 세계로 인도해주고 안내해준 것이에요. 숲에서 어린아이처럼 감성의 유연함과 순수성 회복에 대해 배우며 걸음마를 시작하게 된 셈이지요. 어른인 척 살아왔지만, 마음과 가슴의 영역인 감성에서는 어른이 아니었고, 유치한 수준이었어요. 다양하게 디자인된 꽃을 보며 개성에 대해 생각하게 되었고, 개화하는 꽃을 보며 한 인간으로서 개화 시기가 궁금해지기도 했으며, 꽃이 지는 것을 보며, 내 젊음의 유한함도 절실히 와 닿았어요.

이렇듯 숲으로 둘러싸인 자연에서 창조 세계의 느낌과 감성을 만나게 된 이후부터 일상생활에서의 패턴과 패러다임의 전환이 일어나기 시작했어요. 신이 우리에게 허락하는 삶은 창조 세계를 통한 정서적 부유함과 풍요로움, 정신적 질서와 건강함이었고 감사, 안식, 기쁨이란 인식도 하게 되었어요. 일상을 무감각하고 불만과 무지로 살아온 삶에 아쉬움과 안타까움도 컸어요. 나의 지식을 초월하는 창조 세계를 통한 사랑의 본질로 공허한 마음과 가슴의 영역이 채워지는 순간순간이었어요.

뜰을 방문하는 사람들이 가끔 이런 질문을 해요. “숲에서 무슨 생각을 주로 합니까?” 그러면 나는 대답하지요. “내 생각은 멈추고, 숲이 말하는 것을 보고 듣고 느끼기에도 늘 새롭답니다.”

마음의 이식

한동안 우리 가족은 모종의 견고한 성벽이 둘러싸고 있어 가슴의 옥죄임이 심하고, 무너지지 않을 듯 영원해 보였지요. 행복이란 감정을 느끼지 못하고, 진정한 기쁨이 무엇인지도 몰랐어요. 남편은 쉽게 인정하려 들지 않는 것과는 달리, 딸은 엄마가 숲에 들어와 따스한 감성으로 변화된 이후 얻어낸 작품이 본인 스스로라고 말하곤 했어요.

어떠한 상황이든 사랑과 아름다움을 체험하면서 자족과 감사와 아름다움을 누리는 엄마의 삶이 딸에게도 조용히 일어나고 있었지요. 엄마가 무의미하고 힘겹게 맞는 일상은 더 이상 엄마를 괴롭히지 않았고, 창조주의 감성으로 빚어진 우주 만상의 아름다움과 개성과 독창성, 그리고 조화로움은 묶여 있던 엄마의 어두운 감성들을 풀어놓아 춤추게 했다는 것을 감지하게 되었어요.

찬란한 빛의 세상으로 초대되어 그곳에서 새로운 시야가 열리고 모든 오감이 다시 열리니 매일은 기적이고 감동이라 말하는 엄마의 삶에 행복의 정도와 깊이가 달라지고 있음을 딸은 인지하고 있었어요. 마지막 시대에는 눈이 있어도 보지 못하고 귀가 있어도 듣지 못한다는 성경 구절은 바로 엄마의 오래지 않은 과거 삶의 단면이었으니까요.

바닷속 형형색색의 물고기와 꽃보다도 곱고 화려한 해초들, 날아다니는 공중 새들의 자태들을 보며, 다양하고 화사한 색감으로 철철이 피고 지는 꽃들을 감상하며, 그분의 빼어난 창의성과 위트와 해학을 엄마는 알게 되었어요. 생물학적으로 물리적으로 유전자적으로만 해석하기 어려운, 독특하고 창의적이고 비범한 창조 세계의 아름다움을 발견하는 새로운 재미, 또한 엄마 일상 행복의 요소가 되었다는 것도요.

감성이 메마르고 억세고 차갑던 엄마, 아니 자신이 그렇다고 믿으며 속고 살아온 엄마, 그리고 오늘을 희생시켜 내일만을 기다리던 엄마는 움 틔워진 감수성으로 시를 쓰기 시작했고, 여유롭게 대화를 나누기도 했어요. 사람은 절대 변하지 않는다고 말씀하시던 어른들의 얘기가 중년이 지난 나이에도 변해가는 엄마를 보며 어른들이 하시던 말씀과 관습과 전통에도 예외는 언제든 있을 수 있다는 명제를 실감했다면서요.

사람들을 향하여 쩔쩔매는 그분의 사랑의 마음이 이식된 것일까요? 때때로 창조주 그분의 사람들을 향한 어리석고 바보 같은 짝사랑을 깨달았을 때 자신을 지탱하지 못하고 마룻바닥에서 떼굴떼굴 뒹굴며 아파우는 엄마도 목격하곤 했어요. 자기 자신도 타인도 사랑의 대상이 아니었고 무배려와 무감각, 무정함으로 철갑옷을 입고 있는 자신을 한탄하면서요.

그분의 심장이 그녀의 심장에 이식되는 순간인 듯, 이전까지 살아온 많은 거짓되고 왜곡된 자신의 느낌과 감성으로부터 자유로움을 선포할 수 있었고, 죄인인 인간에게는 어쩌면 당연한 거짓의 옥죄임이 그분의 사랑만을 통해 해방되니, 엄마에겐 더 이상 인간은 기대거나 의지할 희망이나 해답이 아닌, 서로가 연약해서 함께 아파하며, 불쌍히 여기고 사랑해야 할 대상이었어요.

그녀의 감성

*그녀의 느낌과 감성은 주로 왜곡된 생각을 통해서 부정적 영향을 받는 경우가 많았다.

*그녀의 느낌과 감성은 과거의 지배를 받았다. 주로 부정적인 경험들이 더 강하게 영향을 주었다.

*그녀의 느낌과 감성은 죄의 성향인, 불안, 두려움, 비관, 낙망, 미움, 시기, 원한, 질투, 우울, 자기 연민, 피해의식 등이었다.

*그녀의 느낌과 감성은 쉽게 타인에 의해 전이되고 타인에게 전이하기도 해서 감성 보존의 법칙을 늘 경험했다. 마치 질량 보존의 법칙이 그런 것처럼.

무조건 달리다 잘못 도착한 행선지

사실 자연과 숲의 세계를 통한 만남의 순간들이 건강한 감성, 살리는 감성으로 저 자신을 새사람으로 바꾸어놓았다는 이야기를 곧잘 아끼곤 했어요. 아마도 그 이야기를 조리 있게 조목조목 열거하기엔 너무 벅차기도 했고 자신이나 가족도 이제는 그 이전의 아픔이나 괴로움을 잘 기억하지 못해서이기도 했어요.

분명한 것은 보통의 한국 가족처럼 우리 가족도 미래를 향해 앞만 보고 달려왔고, 하루는 오직 내일을 위해서만 존재하는 징검다리일 뿐, 그 가치를 충분히 누리고 소중히 여길 줄도 몰랐지요. 기뻐해서도 즐거워해서도 아니 되는, 고난과 인내와 역경의 시간으로만 느껴지는 매일에 불과했어요.

행복이나 기쁨은 내일의 담보로 저당 잡힌 전당포의 담보물 같았죠. 집을 사야 해서, 진급해야 해서, 대학 진학을 위해서… 참 많고 다양한 이유들은 무게와 가속도로 가족을 노예처럼 쉼 없이 달리게 했어요. 엄마와 아빠로 시작해서 개인 개인이 묶인 이 노예의 쇠사슬들은 칭칭 동아리 밧줄로 묶여, 쉼도 만족도 없었고 기쁨은커녕, 끝없는 사막과 광야를 물 한 모금 목축임 없이 다리를 질질 끌며 쓰러져가는 노예의 모습이었어요.

하지만 우리가 가까스로 지쳐 멈춰 서게 된 곳은 애초에도 계획되지 않은, 지도에도 명시되지 않은 곳이었어요. 우리는 무엇을 위해 달리고 있는가? 우리는 어디를 향해 가고 있는가? 이 불행의 시작은 무엇이며, 어디이며 왜일까?

목적지를 바꿔 또다시 긴 여정을 시작하기도 전에 우리 가족은 이미 각종의 질병으로 시달리며 생사를 오가는 시간을 보내고 있었고, 더욱 불행한 것은 나의 불행을 상대방의 책임으로 돌려 서로를 원망하며 미워하고 있는 지옥의 광경을 실현하고 있었죠.

가정이 지옥이면 우리는 지옥을 매일 매 순간 경험하며, 지옥의 실체를 매일 매 순간 체험하게 되잖아요. 끊임없이 무시무시한 지옥에서 보이지 않는 창과 칼로 찌르는 고통을 느끼며.

시간 빈곤과 자연 빈곤이 주는 가족의 불행

1901년 독일의 한 신문사 특파원 지크프리트 겐테는 조선을 방문하고 난 후 이렇게 기록했다고 해요. "이곳 먼 동양(조선)에서 유일하게 누구나 풍요롭게 누릴 수 있는 것은 시간이다. 이곳에서는 아무리 가난한 거지라도 여유롭게 시간을 즐길 줄 안다. 나처럼 시간에 쫓기며 살아가는 서양의 미개인들은 돈의 개념으로 시간을 환산하고 시간에 인색해한다. 그러나 시간에 관한 한 모든 조선인들은 부자다."(매일경제, 2007년 3월 10일)

첫째는 시간 빈곤이 우리 가족의 가장 큰 불행의 요소였다고 감히 말할 수 있어요. 윗글을 읽고 있는 우리는 혹 귀를 의심할지도 몰라요. 100여 년 전에 독일 기자가 조선인들을 보며 "시간에 있어서는 부자다"라고 말했고, 그 자신을 포함한 서양인들은 시간에 쫓기고 인색해하는 '미개인들'이라고 서술한 것이에요.

그러나 거의 세기가 지나가고 있는 시대에 살면서 이 두 문화는 시간을 이해하고 활용함에 있어서 역전이 된 듯해요. 오히려 한국인들은 시간에 쫓기고 인색한 '미개인들'(지크프리트의 표현)이 되었고 서양인들은 시간을 활용함에 부자가 되려고 노력하는 사람들이 되었다는 거죠. 최소한 그들은 그 문제점을 알고 사람의 행복을 결정해주는 요소를 위해 시간 할애를 한다는 점에서요.

가정을 위한다는 명분 아래 오히려 그 가족을 희생시키며 소외하고 무시하지 않았는지, 가족들을 위한다는 명분이 이래저래 점점 더 자녀와 아내들을 뒷전에 두지 않았는지….

둘째는 자연 빈곤이 우리 가정의 큰 문제의 요소였지요. 자연과도 괴리감과 이질감을 가지고 살아가는 우리였어요. 후에 우리 뜰을 방문하는 사람들도 날씨가 그리 거칠지 않은 날에는 뜰에서 차를 마시는 경우가 대부분인데 예측 없이 나타나는 꿀벌들의 비행에 기함을 토하며 도망하거나 땅에서 올라온 지렁이나 노래미, 무당벌레, 심지어는 뱀이나 개구리나 두꺼비 등도 출현하는데 소스라치며 걸음아 나 살려라 하며 도망가기 일쑤지요. "나는 이런 곳에 못살겠다!" 내가 그랬던 것처럼 그들도 이렇게 말하곤 해요.

하지만 자연을 멀리하면 자연이 주는 더 많은 윤택함과 풍부함의 호사도 더불어 주어지지 않지요. 바쁜 시간과 여러 가지 이유로 우리를 도시 콘크리트 속에 가두어 두고 우리가 궁극적으로 돌아갈 자연과도

거리감과 괴리감 그리고 이질감에 몸서리를 치는 순간까지 이르게 했어요. 그렇게 우리는 자연 빈곤을 선택했지요.

첫째 문제의 요소를 제거하기 위해 사랑하는 부모와 자녀, 형제들을 위해서 시간을 함께하는 것이었어요. 설령 처음에는 낯설고 어색해도 미운 정 고운 정이 가족을 끈끈히 엮어주는 것이었어요. 현대의 서양인들은 가장 사랑하고 사랑받아야 하는 가족들에게서 너무 멀리 와 있어서 가정은 다 해체되고 없더라고 말하곤 해요. 그 대신에 새로운 애인들을 찾느라 대부분 시간을 소비하는 듯해요.

둘째로 자연과 함께 사는 삶이 자연스러운 삶이라는 깨달음이에요. 현대인들은 스트레스와 각종 질병에 시달리기도 하지만 다행히 의술이 좋아져 과거보다는 평균 수명이 훨씬 길어졌지요. 하지만 자연과 멀어진 삶은 여전히 현대인들에게 정신적, 정서적 건강에 많은 악영향을 미치고 있어요. 나도 그러한 삶 속에서 얻은 알레르기 질병은 이곳 산골에 와서도 꽤 오랜 시간이 걸려 치유되는 중이랍니다.

누림, 행복에 대한 절실함

더 이상 이렇게 삶을 사는 것이 불가능하고 무언가 잘못되었다는 것을 알았지만 편린 같은 하루하루의 일상을 어떻게 사는 것이 잘 사는 것인지에 대해 생각할 여유조차 없이 흘러가고 있었고 롤모델도 없었고 방법을 몰랐어요.

유럽에 살면서 만나는 소시민들의 일상을 보며 가끔 의구심을 가져 본 적은 있어요. 그리 자본주의적이거나 물질만능주의적 사고로 살지 않으면서도 그들이 누리는 행복감의 원천은 도대체 어디에서 비롯되는 것일까? 숲에 들어와 고독 가운데서야 가까스로 이러한 질문들을 자신에게도 던지기 시작했고 진정한 행복감을 찾아 여행을 떠나기로 다짐했어요. 잘못된 틀에 박힌 생각, 왜곡되고 일그러진 감성으로는 순전한 기쁨이나 평안, 그리고 아름답고 행복한 삶은 나 자신에게도, 가족에게도 불가능하다는 자인에서였어요.

프랑스의 종교철학가인 파스칼도 『팡세』라는 책에서 사람은 누구나 행복을 찾고 갈망한다고 하지 않았던가요. 궁극적으로 나와 가족과 사회를 더 불행하게 만드는 임시적, 말초적 행복이 아닌, 내 마음, 내 삶이 만족감과 감사로 표현될 수 있는 진정한 행복 말이에요

숲에서 숲의 넉넉함과 아름다움 속에서 그 이후로 내 안의 느낌들이나 가슴이 말하는 것들을 따스하고 아름다운 방법으로 표현하려 애썼어요. 이제까지 행복해하지 못했던 나는 유죄였으니, 자신에게도 용서를 빌었고, 남편과 딸에게도 자주 용서를 구하였어요. 옳고 그름을 따지기 전에, 나의 무지함이나 나의 상처로 인해 상대를 아프게 한 것에 대한 사죄이기도 했어요.

눈물 속 진주

농구 역사상, 최고의 선수라는 평가를 받는 마이클 조던을 잘 알고 있는 주위 사람들, 그리고 동료 선수들, 그와 상대해서 시합을 한 사람이라면 이렇게 말하곤 했대요. "그는 정신적으로 가장 강인한 사람이다. 그리고 그의 승부욕은 따를 자가 없다." 그러나 정작 마이클 조던 자신은 그들이 짐작하지도 못하고 예상치 못했을 전혀 다른 말을 남겼다네요. "나는 실패했고 또 실패했고 계속해서 실패했다. 그것이 내가 성공하는 이유다."라고요.

"희극이란 비극에 시간을 더한 것"이라고 말한 사람이 있더라고요. 진정한 희극은 비극이 시간을 통해서 다듬어질 때 이루어진다는 의미일 테죠. 굳게 단단해지고, 상처 입은 나의 마음이 하루아침에 말랑말랑해지는 것은 아닐 테죠. 실패와 낙오, 흔들림과 쓰러짐이 나를 단련해서 순수하고 고귀한 정금 같은 마음으로 만들 때까지 여전히 비극의 터널 속에서 눈물을 흘리고 있을지도 몰라요.

하지만 오늘 내가 비극의 터널 속에서 흘리는 눈물에서 값비싼 진주가 무럭무럭 자라고 있을 것이고, 머지않아 내 마음의 폭이 사방으로 확장되어 마음 부자로서 자산이 점점 더 쌓이게 되겠지요.

숲: 아름다움, 회복, 치유의 감성

행복을 느끼게 해주는 감성이 숲을 통해 계발되기 시작하면서 사랑의 대상인 사람들을 살리고 누리게 하고 그의 아름다움이 극대화되도록 돕기 시작했어요. 우리에게 추하고 못나게 보이도록 재를 뿌리는 대신 아름다운 화관을 씌우시는 창조자의 마음과 가슴을 경험하게 된 이후이지요.

그 의미를 알고자 우선 뜰에서 나오는 계절 꽃들로 화관을 손수 만들어 나 자신에게 씌워주기 시작했어요. 열등감과 수줍음 타는 천부적인 나의 이미지가 당당하고 자신감 있고 우아해 보이기까지 하더라고요. 그리고 뜰 축제 때마다 화관을 쓴 분들도 평범하던 모습이 아름다움으로 극대화되어 독특한 아우라를 발하는 것이 신기했어요.

또한 억제되고, 눌리고 상처 난 가족의 감성을 치유하고 살려내는 데 관심을 집중하였어요. 자신이 알지 못하던 과거의 상처들을 드러내어 인식하게 하고 더 이상 같은 상처로 자신을 괴롭히고 상처받지 않도록 때때로 그들의 필요와 요구를 지혜를 따라 적절히 공급했어요. 치유가 개인에 맞게, 존중함으로, 감동적으로 일어나는 것이 놀라웠지요.

어떤 상황에 있든지 일상의 소소함 가운데에서 기쁨과 감사를 누리는 것에 주력했어요. 내일은 더 이상 나의 주권 아래 있는 것이 아님을 안 이상, '카르페 디엠'의 라틴어 문구처럼 주어진 환경 아래서 창조성으로 표현하며 하루의 아름다움을 채워가는 삶으로 방향 전환을 하였어요.

물론 잘못된 각인으로 둥지 틀고 있는 옛 느낌과 감성은 수시로 틈만 나면 관성의 법칙으로 되돌아가려 했지만 그럴 때면 시간을 내어 숲에서 오감을 열어 나를 위해 선물로 펼쳐진 자연과 숲의 세계를 감상하고 그 오묘함과 신비함을 묵상하였어요.

인생의 마지막 하루처럼 사랑하며, 기쁨으로 사는 매일은 무정함, 무감각으로 사는 매일과 다르다는 것을, 그리고 내일은 언제나 오지 않으므로 오늘이 바로 그렇게 기쁨으로 살아야 하는 하루라는 것을 잊지 않으려 했지요. 매일 매일은, 무료할 틈이 없는 새로움과 환희로 생동했어요. 숲 창조자 그분은 어떻게 나의 감성적 삶의 모델로서 현현하는지를 경험하며 깨알 같은 글씨로 적어보기도 했어요.

그분의 감성

*엉망진창이고 황량하고 어둠침침함을 감찰하시고 품으신다.
(성경 창세기 1:2)
혼돈하고 공허하며 흑암에 있을 때 친히 운행하시며 어두움을 간과하지 않으시는 하나님.

*어두운 세계를 아름다운 세계로 변화시키며 열망과 애정으로 다시 창조하신다.
(성경 창세기 1:3~28)
아름다움을 창조하길 즐겨하시고 사람을 치유하시고 넘치게 축복하시는 하나님.

*피조된 세계를 보시며 스스로 흡족해하시며 감격하고 표현하신다.

(성경 창세기 1:31)
아름다움을 감상하시고 감수성이 풍부하신 하나님.

*창조하신 세계를 더 행복해하고 즐길 사람들에게 주신다.
(성경 창세기 1:29~30)
자신보다 사람들에게 나누어 줄 때 더 기쁨이 더하시는 하나님.

*종류대로 만드시며 독특한 개성을 인정하신다.
(성경 창세기 1:11, 12, 21, 24, 25)
모든 피조물을 오감을 활용하여 만드시고 다채롭고 다양함을 좋아하시는 하나님.

*무에서 유를 창조하신다.
(성경 창세기 2:7)
어려운 환경, 조건 가운데서도 아름답게 변화시키시는 하나님.

*특별한 사랑으로 연약한 자를 편애하신다.
(성경 디도서 3:4)
소경과 병든 자와 과부와 고아와 나그네와 어린아이들과 죄인들을 향하여 특별한 애정을 지니신 하나님.

*억압된 느낌과 감성을 치유하시고 자유롭게 하신다.
(성경 이사야 61:1)
눌리거나 압제된 잘못된 느낌과 감성을 자유롭게 하시는 하나님.

*괴로움과 고통은 친히 담당하시고 즐거움과 기쁨을 언제나 우리에게 요구하신다.
(성경 데살로니가전서 5:16, 빌립보서 4:4, 시편 68:3, 신명기 8:47~48, 신명기 28:47~48, 베드로전서 4:3)
선택이 아닌, 명령으로 즐거움과 기쁨을 요구하시는 하나님.

*우리의 기쁨을 위해 성경을 쓰셨다.
(성경 요한일서 1:4)
그 안에 기쁨이 있음을 알려주시려 수천 년에 걸쳐 성경을 쓰신 하나님.

*탕자가 돌아올 때 기뻐 춤추며 사람들과 축제를 벌여 풍류를 만끽하신다.
(성경 누가복음 15:22)
그를 모르던 자가 돌아올 때 덩실덩실 춤추시는 하나님.

*시와 노래와 이야기를 즐겨 받으신다.
(성경 에베소서 5:19, 역대상 16:9)
아름다운 시와 음악과 이야기를 좋아하시는 하나님.

*슬픔을 춤이 되게 하신다.
(성경 시편 30:11)
사랑하는 자가 슬픔에 머무는 것을 용납지 않으시는 하나님.

*재를 대신하여 화관을 씌워주신다.
(성경 이사야 61:3)
아름다움으로 우리를 가꾸시는 하나님.

*노동 후의 즐거운 식사와 축제를 축복하신다.
(성경 전도서 9:7)
맛있는 식사와 사람들의 건강한 축제를 축복하시는 하나님.

*불쌍히 여기며 용서하기를 끝까지 하신다.
(성경 에베소서 4:32, 누가복음 7:4)
그를 죽이는 자들을 용서하시는 하나님.

*그의 사랑하는 자들의 연약함을 위해 탄식하며 간구해주신다.
(성경 로마서 8:26, 마가복음 8:12)
연약한 자와 동고동락하시며 강건하기까지 기도하며 기다리시는
하나님.

틔움피움 감성학교

만학도로 마친 석사학위에서 청소년 교육 프로그램에 대한 논문을 쓰는 등, 교육 관련 프로그램에 관심을 늘 가지고 있었어요. 그리고 이런 삶의 여정을 지나면서 마침내 '틔움피움 감성학교' 라는 프로그램을 계발하고 숲 정원에서 진행하게 되었어요. 숲에서 다양한 감성계발법 커리큘럼을 만들어 감성 치유, 정서 치유 등을 목적으로 교육 프로그램을 운영하며 다양한 분들을 많이 만나게 되었어요. 학생들, 적응이 어려운 학생들, 성인들, 종교인들, 취약계층 부모님, 교육자 분들 등이시죠.

몇 해가 지난 후, 산림청 산하 산림일자리발전소와 임업진흥원 관계자께서 그루 경영체 대상으로 강의 요청을 하신 적이 있었어요. 숲에 파묻혀 산 지 10여 년이 지나며 이런 제안을 받은 사실이 너무 신기하고 놀라웠어요. 기쁨과 감사한 마음으로 강의를 준비하며, 절절히 익히고 알고 실행하고 있는 숲의 의미와 숲이 인간에게 구체적으로 주는 유익, 그리고 인문학, 예술, 문화적 관점에서 배우고 정리하게 되었지요. 특별히 숲을 통한 감성 치유와 감성계발에 대한 주제를 다음과 같이 다루었어요.

숲(삼림, 산림, Forest, Wald)에 대한 이해

1. 사전적 의미: 숲은 나무가 우거진 곳이다. 숲에 대한 정의는 기준에 따라 다양하다. 식물 공동체인 숲은 지구 전체 면적의 약 9.4%, 육지 면적의 약 30%를 차지하고 있으며, 물의 순환, 토양의 생성과 보존에 영향을 주고 많은 생물의 서식지로서 기능한다. 이 때문에 숲은 지구의 생물권에서 가장 중요한 요소이다.

숲은 임야(林野), 삼림(森林)이라 불리기도 하는데, 엄밀한 의미에서 임야는 숲과 들을 함께 부르는 말이며 주로 법률이나 임업, 생태학 등에서 쓰이는 용어이고, 산림은 산에 있는 숲만을 가리키는 말이다.

2. 생태적, 인문학적 의미: 한 줌의 흙 속에는 많게는 수억 마리의 박테리아가 들어 있고 또 크고 작은 동물들이 살아가고 있다. 이들이 살아가면서 흙 속의 유기체와 무기체를 분해하게 되면 그 결과, 땅속에 뿌리

를 박고 사는 풀들과 나무들은 그들에게 필요한 영양물질을 잘 흡수하여 1년, 10년, 100년, 수백 년, 수천 년을 견디며 때로는 수만 년, 수천만 년, 수억 년을 이어 내려오면서 울창하고도 거대한 숲을 이루면서 살아가게 된다.

이처럼 숲이야말로 세상에서 가장 많은 생명으로 이루어진 완벽한 생명 집합체요 그래서 가장 큰 유기체이다. 숲이 이처럼 생명체들이 살아가는데 완벽한 삶의 공간이었기 때문에, 그리고 인간에게 필요한 모든 식물을 구비하여 놓았기 때문에, 인간을 그토록 사랑하여 숲에서 살도록 명령하신 것이다.(김기원, 「숲이 주는 감수성」, 이현주 외 지음, 『자연과 인간의 아름다운 만남』, 내일을여는책, 2002)

3. 문학적, 예술적 의미: 세계적 대문호 괴테는 식물학자이자 숲의 위대한 찬미자이다. 핀란드의 국민적 영웅인 작곡가 시벨리우스, 독일과 오스트리아가 낳은 대 작곡가 베토벤, 슈베르트, 러시아의 쇼스타코비치 등 음악가들에게 있어서 숲은 악상 발굴의 밭이나 다름없다. 그들 주변에 그들의 감정을 자극했던 숲이 있었기에 대작들을 남길 수 있었고 오늘날 그들의 작품을 감상하면서 위로와 안식, 즐거움을 누리는 혜택을 받고 있음을 부인하지 못한다. 숲의 위대한 힘이요 역량이다.

서부 독일의 초대 대통령이었던 테오도어 호이스는 숲은 한 음절로 된 단어인데도 그 속에는 무궁무진한 동화와 경이의 세계가 숨어 있다고 말하였다. 그의 말이 아니더라도 숲은 진정 엄청난 보고이며 창조의 비밀이 간직되어 있고 인간의 모든 꿈을 간직한 곳이다. 복잡한 도회지를 떠나서 순한 감정을 동원하여 이러한 것들을 발견하고 그 세계 속에 몰입하는 것은 정서를 함양하는 지름길이라고 본다.

숲은 생명 삶의 알파요 오메가이다. 인간 삶의 시작이자 인간 삶의 종말이다. 숲은 위대하고 심오한 인간의 삶에 대한 지혜와 철학이 숨 쉬는 곳이다.(김기원, 「숲이 주는 감수성」, 앞의 책)

감성(感性)에 대한 이해

1. 사전적 의미: 이성(理性. brain)에 대응되는 개념으로 외계의 대상을 오관으로 감각하고 지각하여 표상을 형성하는 인간의 인식 능력이다.

2. 문화, 사회적 의미: 심장(heart)의 중요성이나 의미를 상징화해서 감성 영역이 표현된다. 가슴이 아프다(heart breaking), 진심에서(from the bottom of my heart), 마음과 마음을 열고 대화하기(heart-to-heart-talk), 온 맘으로(with one's whole heart), 마음에 감동을 주다(to touch the heart of).

3. 물론 이 감성 부분이 정확히 신체의 어느 특별 부위에서 형성되는지는 과학적으로 정확히 알 수 없다. 하지만 감성이 없는 인간 또한 생각하기 어렵다.

4. 감성의 영역을 대표하는 단어들

가. 좁은 의미의 감성 영역

감정(emotion): 어떤 현상이나 일에 대하여 일어나는 마음이나 느끼는 기분.

감수성(sensibility): 자극을 받아들여 느끼는 성질이나 성향. 청각, 후각, 미각, 촉각 등의 오감각을 포함한다.

느낌(feeling): 어떤 대상이나 상태, 생각 등에 대한 반응이나 지각으로 마음속에 일어나는 기분이나 감정(affection) 등.

나. 넓은 의미의 감성 영역(문화나 역사적, 종교적 의미)

많은 문화나 종교에서 사람의 가슴이나 마음, 또는 심장 등의 단어로 표현된다.

이는 신체에서 심장 기능의 중요성을 인식하면서 인간 존재의 중요한 요소, 감성 영역을 상징적으로 표현하는 것으로 이해된다.

5. 왜 21세기를 감성의 시대라 부르며 관심과 화두가 되었나

가. 이성과 지성의 끝은 어디인가에 대한 회의

19세기에 들어서면서 서구에서는 과학과 지성이 발달하면서 산업이 발전하고 부를 축적하는 시대를 맞게 되었다. 역사 이래 가장 큰 경제적 번영과 부를 누리며 사람들은 더욱더 행복과 복지와 삶의 만족감을 기대하였었다. 하지만 그 기대감은 20세기에 들어서 1, 2차 세계대전으로 전 세계가 잿더미로 변하면서 물거품이 되었다. 인간의 도리와 인간성이 없이 발달된 지식과 이성이 이루어낸 결과였다. 그리고 시대는 이성과 지성의 발달의 한계점에 대한 회의와 의구심을 갖게 되었다.

나. 감성에 대한 새로운 인식과 필요성 대두

반면에 사람들은 행복감과 복지와 삶의 만족감을 위해서 잊고 방치되었던 감성인, 정서적 영역에 대한 새로운 인식과 욕구를 갈구하게 되었다. 세기를 걸쳐 산업화를 이뤄내기 위해 인간은 단순히 기계의 부품이나 상품으로 취급되는 것이 아닌, 인간 본연 특성의 회복에 관한 갈망이었다. 이러한 인간성 회복과 행복 추구에 대한 요구와 갈망들은 사회, 교육 등의 다양한 분야에서 개인과 사회적인 감성의 회복과 계발을 위한 노력과 시도로 이끌어졌다.

한 예로서 에리히 프롬은 그의 저서『사랑의 기술』에서 사람이 사랑할 줄 아는 본성이 회복된 삶을 강조하였다. 이러한 삶은 위대한 문학작품, 자연에 산책가기, 음악감상, 일상의 창조성 발휘, 상념을 제거하고 자신의 정체성에 맞는 삶, 자신의 느낌에 충실하며 자신과 타인에 대한 사랑을 실천하는 삶을 제시하기도 하였다.

진화론으로 세상을 떠들썩하게 했던 찰스 다윈은 생을 마감하면서 자녀들에게 다음과 같은 글을 남겼다. “서른 살 혹은 그 이상까지도 나는 많은 시를 즐겼다. 학창 시절까지도 셰익스피어의 작품을 읽고 엄청난 희열을 느꼈다. 전에는 그림과 음악도 큰 기쁨이었다. 하지만 지난 수년 동안 나는 시 한 줄을 읽는 것마저 견디기 어려운 사람이 되어버렸다. …그뿐만 아니라 음악과 미술을 즐기는 안목도 거의 다 잃고 말았다. 아름다운 풍경화를 즐기는 안목만은 좀 남았지만, 그마저도 이전에 느꼈던 강렬한 희열은 주지 못한다. 내 머리는 사실들을 수집하여 일반법칙을 만들어내는 커다란 기계가 된 듯하다. 하지만 이것이 어째서 더 고상한 심미안을 누릴 수 있게 하는 뇌기능을 저하시켰는지 도무지 모르겠다. …안목의 상실은 행복의 상실이며, 아마 지성에도 해를 끼칠지 모르며, 더욱이 본성 가운데 정서적인 면을 악화시켜서 도덕적인 특징에도 위험을 초래할지 모르겠다."

찰스 다윈의 표현처럼 감성과 지성의 연계성을 과학적으로 밝히기는 쉽지 않은 일이지만 본성 가운데 지성과 감성, 그리고 영성과의 불가분의 관계가 유기적으로 연결되어 있음을 간과할 수 없다. 조나단 에드워즈(Jonathan Edwards)는 『신앙감정론』에서 "이런 감정들은 인간 삶의 모든 영역에서 사람을 행동하게 만드는 원천이며 무언가를 추구하게 하는 원동력이다"라고 말한 적 있다.

많은 개발도상국들도 마찬가지로 서구 산업자본주의 사회의 전철을 밟고 있는 사실은 부인할 수가 없다. 그들처럼 발 벗고 뛴 결과 어느새 배부른 사람들이 많아졌지만 한국의 경우 행복지수는 OECD

국가 중 최하위에 머물며, 게다가 높은 자살률과 학교와 가정에서의 폭력으로 한국사회는 진통을 겪고 있다. 치유와 인간성 회복이 시급한 문제로 대두되었다.

6. 어떻게 하면 과연 사람들의 삶 가운데서 치유와 인간성 회복을 통한 정서적 안정감, 또는 행복감이나 만족감을 이끌어낼 수 있을까?

가. 이에 대한 해답 역시 결국 감성의 치유와 감성의 회복에 희망을 둘 수밖에 없다. 물론 이러한 감성을 단순히 감각적인(sensory) 의미로 해석하는 경향과 추세를 경계해야 한다. 그 이유는 감성은 더욱 광범위하며 관계적이며 시대를 초월하는 인간 본성이며 창조 시에 창조주로부터 부여받은 커다란 선물이기 때문이다.

나. 저자는 서구 선진 사회로 일컬어지는 유럽과 미국에서 약 15년을 살면서 개인적으로 경험한 관찰과 분석을 통해 감성에 대한 생각을 정리하는 계기를 가졌다. 그리고 객관적으로 한국의 사회를 바라보면서 자연환경을 통한 시인과 예술가의 관점에서 감성 치유와 회복을 향한 구체적이고 실질적인 해결책을 찾아 실험해보는 노력을 하였다. 특히 개인과 가족을 살리고 회복시키는 건강한 감성을 정리하게 되었다. 물론 사람이 어느 시대를 살아가든지 가치관은 변할지라도 사람의 본질은 변함이 없음을 알기에, 사람의 행복감과 만족감은 오직 태초부터 존재해온 숲과 자연을 알아가고 이해와 존중

에서 도출한다는, 다소 고전적이고 근본적인 접근을 과감히 나누고자 한다.

7. 감성은 행복과도 직접적인 관련이 있다. 행복이란 다른 말로 일상생활에서 충분한 만족과 기쁨을 느끼어 흐뭇함, 또는 그러한 상태이다. 자족이나 기쁨으로 표현하는 심리적 정서적 상태이기도 하다.

모든 사람은 행복하기를 갈구한다.(블레즈 파스칼, 『팡세』, 민음사, 2003) 위락은 외부적이고 환경과 상황에 지배를 받는다. 물질적인 조건에 매우 예민하게 반응하는 경향이 있다.(앞의 책)

순간의 쾌락이 때로는 사람들을 황폐시키며 피폐화한다. 그들이 소고와 수금으로 노래하고 피리 불어 즐기며 그 날을 형통하게 지내다가 경각간에 음부에 내려가느니라.(성경 욥 21:12, 13) 연락을 좋아하는 자는 가난하게 되고 술과 기름을 좋아하는 자는 부하게 되지 못하느니라.(잠언 21:17)

8. 타락적 감성이란 무엇인가?

요즘 한국 사회에서 감성이란 단어 사용은 난무하고 있다. 감성에 대한 새로운 깨달음과 동시에 사람들은 디지털 문화 시대에 편승하게 된다. 감성의 계발이 요구되는, 카메라, 핸드폰, SNS 등 감성적인 감각을 요구하는 일인 영상 시대, 일인 이미지 시대가 열린 것이다. 감성의 시대는 마치 봇물처럼 터지고 있다.

이러한 흐름으로 인해 절제되지 못하거나 건강하지 못한 감성도 자유롭게 표출되고 있다. 특히 감성을 편협적으로 이해하여 순간적이고 말초신경적 쾌락에 이끌리어 자신과 가정과 사회를 패망하게 하는 삶으로 도착 되는 경우도 속출되곤 한다. 저자는 건강한 감성과 개인과 가정, 사회를 몰락시키는 타락적 감성에 대한 분별을 요구하며 건강한 감성과 감성에 대한 올바른 이해를 소개하고자 한다. 감성을 무조건적으로 부정하고 배타적으로 부인하는 것도, 감성에 대한 지나친 편협적인 신뢰와 의존도 경계해야 한다. 그러한 의미에서 자기계발이나 개인의 행복, 또한 기업의 이익 창출과 생산성, 사회의 복지와 행복 추구를 위해서 건강한 감성계발 프로그램들이 더욱 요구되고 있다.

9. 건강한 감성은 무엇이며 감성계발은 어떻게 형성되나

사람의 본성에는 감성과 이성, 영성의 성향들이 유기적으로 연결되어 있다. 과학적으로 정확하게 그의 관계를 계산과 수치를 통해 밝힐 수는 없을지라도 어느 정도의 연결성은 부인할 수 없을 것이다.

진화론의 창시자 찰스 다윈은 그의 말년에 남긴 자서전에서 시와 음악과 미술 등을 감상하는 심미안의 상실이 지성과 인간의 행복에 악영향을 끼쳐 도덕적인 면에서도 해를 끼칠 수도 있을 것이라는 우려를 한 적이 있다.(존 파이퍼, 『자연과 인간의 아름다운 만남』, 생명의말씀사,

2020) 이는 한 개인의 삶에서 정서적 피폐나 일상에서의 심미안의 도태는 인간의 삶에 균형을 잃게 할 뿐만 아니라 심지어는 치명적인 파멸을 초래할 수도 있다는 것이다.

과연 이러한 심미안은 어디서 오는 것이며 어떻게 계발되는 것일까? 이 심미안 또한 감성계발과 깊은 관련이 있다. 감성계발을 위해서 여러 장르의 문학적, 예술적 활동들이 도움이 되는 것은 사실이다. 온 우주 만물에 시적인 요소들과 음악, 그리고 미술과 조각 등의 요소들을 구석구석에서 만날 수 있다. 물론 시대에 따라 아름다움에 대한 정의도 간단하지는 않지만 아름다움의 속성은 다양한 온전한 미적 요소뿐만 아니라 도덕적 탁월성을 나타내야 한다. 진정한 아름다움은 영원, 생명력으로 연계되고 거짓된 아름다움은 순간적이다.

숲이 인간에게 주어진 계기는 사랑이었고 선물이었다. 인간이 스스로 내리는 숲의 아름다움에 대한 정의나 평가, 판단은 편파적이며 한계성을 나타낼 수도 있다. 이는 많은 경우 인간이 스스로 자랑스럽게 여기는 것들의 우매성과 일치하는 것처럼. 다행히 숲의 아름다움을 감상하고 누릴 권한과 보호하고 가꿀 의무는 인간에게 주어졌다는 것이다.

따라서 태초부터 우리에게 주어진 숲의 선하고 생명력 있는 아름다움은 건강하고 살리는 감성계발의 교과서가 되어야 한다. 숲 감성학교에서는 이러한 관점에서 숲을 배경으로 하는 강의를 하며 숲을 감상하며 체험하는 것에 기반을 두고 숲을 통한 일상에서의 감성계발법도 마련되었다.

10. 왜 숲 감성계발을 외치는가

왜 숲 감성계발이 필요할까? 특히 고도로 발전한 산업화와 치열한 경쟁주의, 물질만능주의가 팽배한 사회에서 개인들의 분주함이 일상이 되었다. 과다한 스트레스나 불안감, 상대적 빈곤감과 미래의 불확실함, 두려움 등 또한 다스려야 할 일상의 숙제이기도 하다. 반면에 감성은 시대와 환경에 상관없이 우리 속에 깊이 자리 잡고 있는 열정과 꿈, 때로는 깊은 감정적 상처이기도 하다.

이러한 감성은 이성과 지성을 초월하는 영역으로서 때론 효율성이나 경영의 이득의 원리로는 이해되지 않을 수도 있다. 『The sacred romance』의 저자가 말했듯이 "정서적인 감성 분야, 즉 heart(가슴, 또는 심장)의 영역이며, 이는 예술과 시와 아름다움과 신비감과 황홀감 같은 것들이다. 이러한 요소들이 바로 가슴을 울린다. 심장으로 소통하려면 이러한 정서적 언어로 소통해야 한다."

숲은 풀, 나무, 곤충 등 살아 있는 동식물과 물, 공기, 흙과 무생물로 조화롭게 복합생명체를 이루고 있는 인간 삶의 보고이다. 인류 문명이 에덴동산에서 시작되었다는 성경에서의 기록처럼 숲은 사계절을 시시각각 변화하며 풍부한 양식을 내어준다. 그곳에서 맑은 공기와 휴식과 쉼을 얻도록 태초부터 주어진 조물주의 선물이기도 하다. 숲은 피톤치드나 음이온, 테레핀 등의 복합 작용으로 두뇌활동을 촉진 시키고 정신을 맑게 하여 올바른 판단력과 사고력을 향상시키기도 한다. 하지만 숲이 인간에게 주는 가장 큰 혜택은 두뇌 중심적인 삶의 패턴으로 살아가는 현대인들에게 심장의 바운스를 되찾아 방치된 감성을 살리고 계발하여 이성과 감성과 영성이 조화롭고 건강한 삶을 살도록 하는 터전이 된다는 것이다.

왜냐면 숲은 움직이는 생명력을 가지고 있어 정서적, 감성적 자극을 통한 치유와 회복을 경험케 하기에 부족함이 없다. 현대인들이 숲에서 단순히 운동을 목적으로 한 등산이나 산행 완주에 그치는 경우가 많다. 숲을 통한 예술적, 문학적, 생태적 터치와 활동들을 통해 숲의 신비함과 숭고함을 알아가며 생명의 존중과 생태적인 삶의 기회를 갖는 것, 그리고 궁극적으로 정서적 승화와 일상의 행복감을 회복하는 것이 숲 감성학교의 목표인 것이다.

11. 숲 감성계발법

숲을 통한 감성계발을 어떻게 할 수 있나?(숲 감성계발 Tip 다섯 가지) 숲에서 만나는 오감적 숲 체험과 숲의 의미를 시와 회화와 노작과 창작활동을 통해 정서적 승화, 감성 치유, 감성 회복에 이르게 하는 감성계발법

가. 자연을 시각, 청각, 미각, 후각, 촉감 등 오감으로 감상하라

갖가지 식물들과 곤충, 동물, 바위, 산을 가까이 다가가 관찰하며 개성과 조화로움이나 신비스러움 발견하기, 새소리, 풀벌레 소리, 계곡 물소리 듣고 감상하기, 식물들 내음, 나무, 함께 어우러진 향기 맡기, 신맛, 단맛, 쓴맛, 매운맛의 미각으로 경험하기, 기후와 온도와 습도로 피부에 와 닿는 촉감 느껴보기.

숲이 가르쳐주는 감성

모든 생명체는 싹을 지니고 있어요
적절한 조건에서 그 싹을 틔우고
얼마 후에는 꽃 피우고 추수의 열매를 맺지요

감성도
모든 생명체 안에 꿈틀거리는 새싹과 같아요
감수성, 감각, 감정 등이 적절한 조건 속에서 살아나
감상과 표현으로 이어지고
상처 난 감정이 치유, 회복되어
삶의 미적 요소를 발견하여 표현하며
삶을 감사와 만족감으로 채워주지요

모두 안에 있는 감성 새싹을 틔워 주어요

다채로운 꽃이나 열매가 많아지면 세상은 더 환해지겠지요
색다름과 다양함이 넘치며 개체는 인정을 받는 세계,
바로 숲이 가르쳐주는 감성입니다
나. 시로 숲을 표현하라

자연이 나에게 가르쳐주는 것

미풍에 실린 그의 위로
빗줄기에 흐르는 그의 눈물

꽃잎 향기에 흩날리는 그의 향기
새들의 합창 속 그의 콧노래

푸르른 하늘엔 그의 미소
광풍에 실린 그의 경종

폭포수는 그의 위엄
화산은 그의 의분

초록빛 바다는 그의 해학
바닷속 그의 유희

정글 속 신비
대지 위엔 그의 풍요

우리 향한 그의 사랑
자연에 담아 두었네

자연보다 더 아름다운 그
더 아름다운 사랑 되었네

자연에 숨은 사랑의 실체
이 땅 작은 천국 누리라 하네

헤르만 헤세, 「오늘 숲길을 걸었다」

간벌을 위해 닦아놓은 길을 따라 올라가노라면 여기저기 흙이 무너진 곳, 새로이 흐르는 작은 개울물 간혹 베어진 통나무를 만나곤 한다. 숲 깊이 들어가노라면 어느새 나무들의 향기에 싸이고 이 향기는 어디로부터 오는 것일까. 다시 베어진 통나무 더미를 만나 숨이 멎듯 발걸음을 멈춘다. 진한 향기는 베어진 나무의 생채기에서 퍼져 숲을 가득 채우고 있다. 우리의 상처에서도 저렇게 향기가 피어날 수 있을까?

*위 시에서 오감적 표현과 그 느낌 찾아내기
*감상된 자연은 어떤 요소들인가?
*또 무엇을 계시하는가?
*일상에서 자연을 감상하는 나의 실천방법은 무엇인가?

다. 회화로 숲을 표현하라

숲에서 오감으로 만나는 수백, 수천 가지의 잎들, 가지들, 껍질들, 색감들, 형태들을 다양한 기법으로 그려보자. 다양한 형태의 꽃과 식물과 나무를 관찰하며 독특한 개성을 발견하라. 자연은 다채로움의 표본이다. 그래서 자연은 다양하고 다채로운 삶을 지지하고 시도하도록 하는 원동력이다.

다이나믹하고 다채로운 삶의 형태를 감상하고 표현하는 일은 놀라운 자신들을 만나고 알아가는 중요한 과정이다. 하지만 자연에 거스르고 순리가 아닌, 역리적 삶의 모습들은 자연은 당당히 자연스레 거부한다는 사실도 인지한다.

라. 숲의 꽃과 식물, 나무들이 주는 효능과 가치로 숲을 표현하라

숲에서 만나는 식물들의 꽃과 넝쿨, 열매, 나뭇가지의 이름을 알며 꽃, 잎, 열매, 뿌리가 주는 효능과 인간에게 주는 가치에 대해서도 알아본다. 식용, 약용, 미용, 의학적 가치 등도 알아본다. 얼마나 많

은 잎과 열매와 뿌리로 차를 만들고 요리를 할 수 있는가? 혈액순환이 안 돼 저리고 칼칼한 목에 이물감이 느껴질 때 생약 성분의 용각산, 입술이 트고 건조해지거나 스트레스로 입술에 열이 나 갈라지거나 할 때 발라주는 힐링 balm 등.

마. 리스나 화관으로 숲 감성 표현하기

숲에서 만나는 넝쿨과 풀꽃, 열매 등으로 리스를 만들거나 화관을 만들어 서로에게 씌워주기도 하며 아름다운 숲에서 아름다운 축제를 연다. 한 잎사귀의 감수성과 한 넝쿨과 나뭇가지가 주는 생명력은 일상에서의 활력이 된다

머리에 화관을 쓴 사람은 모두 다 축제에 선택되어 초대된 사람들처럼 보이는 특별한 아름다움이 있다. 남성들에겐 아이비나 올리브가지와 상수리 잎으로 장식을, 여인들에겐 백합이나 붓꽃 또는 초롱꽃으로 장식을.

때때로 제철에 피는 각양각색 꽃과 나뭇잎으로 화관을 만들어 씌어준다면 숲은 더욱 아름다운 사람들로 빛이 나게 될 것이다. 숲에서 전지해 버려지는 많은 꽃과 나무의 줄기를 활용하면 좋다.

머리에 모자에 화관을 쓴, 웃음꽃 만발한 사람들의 얼굴에서 방금 하늘에서 내려온 듯한 아기 천사들의 미소를 볼 수 있다. 화사한 한 송이 꽃으로 활기와 생명을 불어넣을 수 있다. 꽃은 이 땅에 부쳐진 천국의 러브레터이기 때문이다.

만약 사랑하는 사람이 이 세상을 떠날 땐 화사한 꽃과 화관으로 장식해주자. 장례식은 금세 슬픔과 이별만의 예식이 아닌 천국 잔치로 바뀔 것이다.

12. 과연 이 시대적 모멘트에서 현대인들이 진정한 행복을 느끼고 누리며 감사하는 삶은 무엇일까? 다소 개인적인 시도이긴 하나 나는 숲을 통해 해답을 찾아본다. 건강한 감성, 살리는 감성에 대한 이해와 패러다임? 전환이 일어나길 기대해본다. 숲에서 실질적인 감성 능력의 계발과 향상을 통한 정서적, 심리적 만족, 일상에서 행복감과 에너지가 숲과 자연을 통해 날마다 샘솟을 수 있기를 희망한다.

마음 정원 '뜰'

숲을 통해 숲의 느낌과 감성으로 변화되고 나서 뜰의 기조와 정체성을 '감성으로 소통하다'로 정하였어요. 감성이란 단어가 화두가 되기 시작하여 수십 년이 되었다지만 사람들의 입에 회자되는 감성은 나의 관점과는 꽤 달랐고, 특히 매스 미디어나 광고에서나 들을 법한 감성 패러디들은 너무 단편적이고 표면적이며, 때로는 부정적이기까지 했어요.

뜰의 정신과 성격에 맞으면서도 의미를 고려한 새로운 '감성'의 정의를 찾으려했어요. 레오나르도 다빈치가 말한 환경에서의 '오감' 계발을 비롯, 예술과 문학의 '감수성'으로 정화되고 승화되어, 풍부한 '정'으로 이웃과 사회에 건강한 영향력과 나눔을 실천하는 경지! 이는 또한 에덴 정원에서 자연과 사람이, 사람과 사람이, 그리고 사람과 창조주와의 관계가 '보기에 좋았더라' 상태의 회귀를 의미하기도 하는 것이었어요.

이러한 총체적인 의미의 '감성'의 필요성과 중요성을 사람들과 함께 더욱 확인하며 경험하게 된 것은 무척 놀라운 일이었어요. 덕분에 이 과정은 우연의 일치가 아닌, 뜰의 사명으로 자리매김 되었으니 말이에요.

'자연 속에서 사람들과 함께 감성으로 소통하며 행복해지다'

자연이 멘토가 되다

허황된 것일지라도 죽기 전에 꼭 한 번 이루어보고 싶은 간절한 꿈이 이 숲속 뜰에서 잉태되었지만 이 추상적인 꿈이 어떻게 구체적으로 실현되어야 할지 처음에는 가닥도 감도 잡히지 않았어요. 쉽게 이루어지지 않는 데다 모델이 설정된 것이 없는 상황에서 한 걸음 한 걸음 뚜벅이처럼 걷는 방법 외에는 별다른 도리가 없는 상황이었어요.

다행인 것은 늘 숲에 서면 기승전결이 풀어지고 정리되는 경우가 많았어요. 자연은 씨앗이 있고 싹이 트고 나무로 자라고 그 다음 열매를 맺는 등의 절차를 밟게 되는 순리의 길이 있는 것처럼, 이 과정을 거쳐야 자연스럽고 건강할 수 있음을 알기에 자연은 늘 교과서처럼 이 과정에도 거울이 되어주었죠.

사람들을 위한 시, 공간으로 출발할 때 다양한 문화예술 기획 경험들은 구체적인 '내용'들을 담아내는데 많은 도움이 되었어요. '오병이어'(노인병원 입원실을 다니며 노래를 부르던 모임), 재소자들을 위한 교류 모임, 호주 YMCA와의 청소년 교류, 그리고 입양아들과 함께 기획한 다양한 행사들, 한국 주재 외국인들을 위한 한국문화의 밤, 한국문화학교 강좌 개설 등의 다양한 기획행사들을 기획한 경험들은 진짜 스펙으로 잠재해 있었던 것일까요?

경험한 모든 것들은 다른 사람에 의해 탈취될 수 없는 자산이기에 그동안 알아 온 예술인들과 문화에 관심 있는 분들도 다시 만남이 연결되어 그 인연의 끈끈함이 유지되었어요. 사람들의 관계도 같은 목적과 같은 방향을 바라보며 동행의 즐거움과 행복감으로 이어질 때 탄탄한 줄로 연결된다는 것을 증명이라도 해주는 듯했어요.

이 계기로 나 자신을 비롯하여 요즘 사람들의 정신과 정서를 연구하게 된 것은 무척 흥미로운 일이었어요. 그리고 다음과 같은 결론을 정리해내었어요.

첫째, 산업화된 자본주의 국가, 물질만능주의 시대에 '돈'은 필요한 요소이지만 우리를 행복이나 만족감으로 채워주지는 못한다.

둘째, 생각과 정신과 문화의 빈곤이 우리를 점점 피폐하게 몰아가고 있다.

셋째, 많은 이들이 자신들을 향한 창조주의 창조 목적을 모른 채 정체성 부재를 안고 우왕좌왕하며 평생을 살아가고 있다.

넷째, 우리에게 선물로 허락된 자연과 환경 안에서 무분별하게 소비하며 훼손하고 있다.

다섯째, 사람이 사람을 존경과 사랑의 대상이 아닌, 질투와 적대를 위한 대상으로 생각하는 경우가 많다.

크게 보면 물질과 성공을 추구하느라 감정과 감수성과 감각과 느낌과 정을 담고 있는 심장이 점점 메마르게 되었고, 이로 인한 인간성 상실, 자연환경 파괴, 삶의 목적이나 방향 상실이라는 카테고리로 나누게 된 셈이랄까요?

그에 대한 이유는 자신이 그랬던 것처럼 현대의 많은 사람들이 산업화된 사회에서 생존하기 위해서 삶의 놀이터이고 학교인, 자연을 등지고 살아가는 것이고, 그 자연과 사람을 창조한 주권적인 신과 무관하게 살아가는 것이며, 결과적으로 자기를 진정 사랑하지 못하며 타인도 사랑하지 못하는 무감각과 무정함이라는 현상들에 대한 이해였지요.

사실 자연의 섭리 속에 나타난 생명의 신비나 우주의 운행 등을 인식하게 되면 사람은 창조주를 알게 될 뿐만 아니라 또한 그 신의 피조물인 신묘막측한 자신과 타인을 사랑하고 소중히 여기는 사람이 될 수밖에 없을 텐데 말이죠. 이러한 이유로 이 시대 사람이 필요로 하는 것은 삶과 정신을 부요케 할 정서적 소통과 나눔, 개인 삶의 정체성 확립과 개인을 향한 창조목적 실현, 거대화된 사회에서 방치된 작고 느리고 하찮은 것들에 대한 새로운 인식과 중요성에 대한 것이라는 정리였어요.

물론 많은 학자들이 이미 이러한 연구를 해왔다 해도 실천을 위해 총체적이면서도 사적인 시도를 하기엔 그리 쉬운 일은 아니었어요. 그나마 느리고 작고 하찮은 것에 대한 의미가 부각되는 시대에 살고 있음은 참으로 다행이었어요. 왜냐하면 뜰은 그처럼 작고 느리고 하찮은 것을 시도하기에 자신의 소심한 성격을 보아서나 뜰의 규모를 보아서나 안성맞춤이었으니 말이에요.

뜰 소통언어

뜰의 정신인 '내용'이 정리되고 나니 이러한 것을 표현해낼 도구인 '언어'가 절실해졌지요. 어떠한 수단이나 방법을 통해서 이 일을 가능케 할 것인지에 관한 것이죠. '내용' 만큼이나 중요한, '내용'을 이끌어낼 도구인 '언어'를 선택하는데 가닥이 잡히지 않아 한동안 또다시 미궁 속에 빠져 주춤거렸고, '언어'를 찾아가는 데에 있어서 자연이 가르쳐준 교훈과 과거의 기획 경험들을 되살려 통합하여 보기로 했는데 다음과 같은 전략들이었어요.

*뜰에서는 자연과 환경 속에서의 '느끼기'를 건강한 감성의 출발점으로 이해하고, 창조주의 감성이 충만한 자연환경에서 일차적으로 배운다.

*창조 세계의 모방과 투영의 형태인 예술과 문화를 매개로 하여 사람

들과 그 '느끼기'의 깊이와 폭을 확대해 나간다.

*우리 삶의 놀이터이자 삶의 근원이 되는 자연을 감상하며 보호하는 실천을 도모한다.

개인적으로, 가정에서, 사회에서, 그리고 시대적으로도 '뜰 감성'이 살아나기를 꿈꾸며 그 꿈을 실현하는 이야기들을 흥미진진 전개하기 시작했는데 소소하지만, 입가에 미소가 지어지는 이야기들이었어요.

화관의 아이콘 '뜰'

뜰에서 꽃에 대해 더욱 의미를 부여하게 된 계기는 창조주는 사랑의 대상인 사람들에게 '재 대신 화관'을 씌워준다는 성경의 표현에 감명을 받은 이후부터였어요. 그러한 연유로 꽃은 뜰의 아이콘이 되어 꽃으로 곳곳에 장식해두는 일은 아침마다 치르는 뜰 의식이 되었어요.

화관의 의미는 '사랑 안에서 회복된 자아상으로 살리기'라는 이해에서였어요. 얼마의 시간이 지나 '살리는 감성으로 행복해지다'의 감성계발 프로그램 마지막 강좌 날에는 사람들에게 밤새 손수 만든 아름다운 화관을 씌워주었지요.

화관을 쓴 사람들의 반응은 아이처럼 좋아 환호하든지, 아니면 맺혔던 눈 이슬이 두 눈에서 또르르 흘러내리는 것을 애써 숨기든지, 이 두 가지 반응을 보이는 것이 참으로 신기했어요.

남성들에게는 멋진 신사 모자나 월계관 형상의 화관을 씌워주었고 여성들에겐 화사한 꽃과 잎과 덩굴로 만들어 우아하고 섬세한 화관을 씌워주었는데, 그들은 극적으로 멋있고 최상으로 아름다웠어요.

아이비나 올리브 가지와 상수리 잎 월계관을 쓴 남성들, 백합이나 붓꽃 또는 장미나 초롱꽃 화관을 쓴 여인들, 제철에 피는 정원 꽃이나 이파리로 화관을 만들어 씌워주는 의례는 뜰의 시그니처가 되었답니다.

머리에 생화의 화관을 쓴 사람은 모두 다 아우라를 발하고 있었어요. 그리고 특별히 선택된 사람들 같아 보이기도 했지요.

소외된 여성들을 위한 화관 티 타임

뜰이 남녀노소 누구에게나 열려 있다 해도 의지만으로는 위치적으로 접근하기 쉽지 않은 한계가 있었거든요. 그래서인지 대개는 특별히 경제적으로나 시간적 여유가 허락된 여인들의 발걸음이 더 잦았어요. 그런 일상 가운데 거동이 불편한 사람들과 편린의 시간 여유도 내기 힘든 사람들은 이곳에서도 소외되고 있다고 인지되기 시작했을 즈음, 그들을 의도적으로나마 초대하여 모종의 힐링 축제를 마련해야겠다는 생각을 하게 되었어요.

이런 일을 꿈꿀 때는 심장이 다시 쿵쾅거리기 시작했고 분주하고 암담한 현실에서 살아 있음이 선물이고 축복이라는 사실을 알게 해주는 인간적 배려와 따스함의 축제 현장을 기대하며 기획하였죠.

처음 선정된 힐링 축제의 VIP는 장애를 안고 살아가는 여성들이었어요. '장애 여성들과 함께하는 화관 티 타임'이 기획되었고 이들을 위해 아름다운 특별한 드레스도 며칠에 걸쳐 주변 도시를 오가며 준비하였어요. 그 드레스 위에는 여성스러운 레이스로 디테일을 살리고 싶었는데 운이 좋아 멋진 기업의 협찬은 아니어도, 바느질을 해주고 싶다는 지인도 나타났어요. 뜰에서 우아한 자태로 둘러앉아 화관을 쓰고 엷은 파스텔톤 레이스가 아기자기 몸을 감싸는 크림빛 드레스에 찻잔을 부딪치며 티 파티를 하는 것을 상상만해도 입가에는 미소가 번졌어요.

우선 장애인들에게 목욕 봉사를 하는 오랜 지인을 통해 장애인 단체의 대표를 만나 장애 여성들을 위한 화관 티 타임의 취지를 알렸을 때, 다행히 여성 원장님은 그 취지가 너무나 아름다운 일이라며 흔쾌히 승낙해주셨어요. 젊은 시절부터 이분들과 함께 지내온 머리가 반백이신 미혼 여성 원장님에게도 아름다운 화관이 얼마나 합당한 것인지 느꼈어요.

'장애 여성들과 함께하는 화관 티 타임'은 뜰이 태어난 지 10여 년이 흐른 뒤 제일 짧은 시간 내에 기획되었지만 가장 아름답고 화려하고 엄숙한 기억에 남을 축제라고 스스로 평가하고 있어요.

하얀 린넨 앞치마에 얇은 아주 조그만 화관을 쓴 천사 같은 섬김이들, 우아하고 화려한 화관을 쓴 장애 여성들이 함께하는 화관 티 타임은 마치 천국 잔치에 초대된 우리 모두의 모습이 아니었을까 싶어요.

오늘 우리에게 가장 필요한 마음은

높아진 마음엔 차 한잔의 낮아진 마음을

가난한 마음엔 차 한잔의 부유한 마음을

어두운 마음엔 차 한잔의 빛의 마음을

욕심의 마음엔 차 한잔의 내려놓음을

무미건조한 마음엔 차 한잔의 감사함으로

행복한 마음입니다

꽃 마음

이 아름다운 꽃을 보니 당신이 떠올라요
두근두근 설레며 이 꽃을 바라보니
꽃향기 파도처럼 밀려오네요

환한 미소 곁들여 한아름 꺾었어요
당신께 이 아름드리 꽃 배달해드리니
당신께선 그저 기뻐하며 내 맘 받아주어요

제3부

뜰에서 의미하는 그 소통을 다음과 같이 정의하기로 했어요
공감과 실천이 함께 이루어내는 현상이 소통(Intercommunication)이라는 것
즉 '뜰 소통'이란 이해와 나눔과 실천, 그리고 친밀한 공감을 통해서만 진정
얻어질 수 있다는 것이었어요
누구나 뜰에서는 주인공이 되었고 향유하는 주체였어요

누구를 위한 곳인가

예술과 문화를 매개로 사람들이 설왕설래한다거나, 간간이 다양한 주제로 사람들과 소통한다는 이야기를 단숨에 듣게 되면, 뜰은 고급 사교놀이를 위한 곳일 거라는 선입견을 갖는 것은 당연했어요. 아마도 예술과 문화를 향유하는 계층은 비교적 안정된 직업과 시간적 여유가 있는 사람들의 전유물이라는 인식 때문일 거예요.

하지만 뜰에서 사람들이 진정으로 행복해하는 이유는 아마도 도시와 농촌인, 그리고 직업, 교육 여하, 나이, 심지어는 국가와 민족을 초월한 사람들이 같은 시간, 같은 공간에서 비슷한 감정들을 공유하는 경험인 듯했어요.

다양한 직업과 출신, 나이, 국적에 상관없이 뜰 축제에(단 몇 명의 작은 모임도 그렇게 불렀다.) 초대받은 모두가 귀빈들이자 주인공들이었어요. 사람들과 뜰에서 소통하며 나눈 추억과 이야기들을 일기에 이렇게 적어두었어요.

뜰에 처음 들어서는 사람들은 다양한 사람들이 낯선 개인의 공간에 초대되어 함께 교제하는 분위기가 익숙하지도 않고 어색한 듯하였다. 하지만 함께 울고 웃으며 소통하며 그러한 사회적 자격, 조건들이 그리 필요치 않다는 사실에 곧장 곧추세운 긴장감을 해제하는 듯했다.

아름다운 예술을 통한 카타르시스에서일까? 감정의 '동일 주파수'를 감지하는 하나 됨의 충족감이었을까? 아름다운 시어로 엮어지는 끈적이는 감정의 교류 때문이었을까? 아니면 낮아지고 비운 마음으로만 만날 수 있는 자족감에서였을까?

또한 사람들은 가진 자, 배운 자가 자신을 무장하거나 가면을 쓸 필요가 없고 그렇지 않은 자도 열등감이나 불필요한 피해의식을 가질 필요가 없다는 것을, '느끼기' 촉수로 쉽게 감지할 수 있었다. 그곳에서 흥분되고 상기된 서로의 얼굴을 보며 파안대소하는 사람들을 보며 흡족했다.

실천하기 위한 자금은

애초에 뜰 자금 운영의 원칙은 미술가나 공예가, 그리고 도예가들의 작품을 전시하고 판매하여 창출된 수익으로 모든 축제 자금을 충당하는 것을 원칙으로 했어요. 문화적, 예술적 혜택을 누리는 자들이 그 비용을 스스로 지불하게 하자는 것이었어요. 아름다운 문화와 예술이 주는 혜택, 부, 흡족의 맛을 위해서 약간의 정서적 투자 기회를 주는 것도 고무적이라는 생각에서였죠.

허기진 배를 충족하기 위해 음식값을 치르듯이, 정서적 허기짐을 충족하기 위해서 비용을 지불하는 것이었어요. 백화점에서 값비싼 옷이나 장신구를 구입하면서 예술, 문화행사를 위한 약간의 비용에도 인색한 관습들이 우리를 더 정서적으로 가난하게 만드는 요인이라는 믿음에서요.

그러한 의미에서 뜰에서 수준 높은 음악가들의 음악을 감상하기 위해서 이러한 공짜나 서비스 차원의 입장은 최소한 허용하지 않기로 했어요. '공짜'와 '선심' 티켓들은 사라졌으면 하는 바람에서였죠. 물론 이 야심찬 바람은 음악회에 초대된 수준 높은 음악가들을 위한 최소한의 예우를 위한 것이었어요. 그러나 안타깝게도 그 어느 뜰 축제에도 이러한 입장료 규칙은 이루어지지 않았어요. 가까스로 시작된 무명의 뜰에 티켓을 구매하고 오는 청중들이 몇이나 가능했을까? 오히려 몇 명의 청중들의 환한 미소나, 눈가에 촉촉이 맺힌 이슬방울로 입장료를 받은 셈치고 만족하는 편이 나았죠.

다행히 가끔 소수일지라도 기꺼이 입장권을 구입하는 사람들이 있기에 문화, 예술의 사각지대에 있는 사람들을 초대하여 이러한 누림과 즐김을 선물할 수 있었어요. 예술가들에게도 약간의 경제적 후원을 할 수 있다는 일은 무척 고무적이고 신나는 일이었죠.

더 분발해서 미력하나마 음악가나 예술가들을 더욱 후원해야겠다는 의지를 갖기도 하였어요. 세상을 아름답게 만드는 음악가, 예술가, 문인들의 활약이 각박한 사람들 마음에 더 윤활유처럼, 활성 산소처럼 작용할 날을 기약하면서요.

그러니 음악회 티켓을 사는 몇 분의 애호가 덕택에 한 번도 들어본 적이 없는 음악을 들으며 행복을 누렸다고 하시는 시골 할머님이나, 논과 밭, 산의 환경에서 자라온 산골 청소년도 잔잔한 감동의 현장에서 함께 어우러졌어요.

여전히 뜰에서 예술가들을 초대하여 축제를 여는 데에 있어서 자금 충당을 마련치 못해 잠 못 이루는 밤들도 많았어요. 물론 이러한 골칫거리들만이 아닌, 기대감과 설렘 때문이기도 했죠. 사람들의 눈가에 촉촉이 맺힌 따스한 눈물방울, 상기된 볼, 그리고 평안한 미소 때문에 밤새 뒤척이며 꿈속에서 한바탕 축제를 벌였죠.

그 축제에서 조용한 감동으로 흐르는 따스함, 사람이 사람을 사람으로 만날 수 있는 소통, 모든 사람이 왕과 왕비가 되어 특권을 누리는 소통이었어요. 물론 뜰지기 자신은 왕과 왕비를 섬기는 백작 부인으로 불렀어요.

딸은 이 숲속 축제를 "사람들은 그림이 되고 웅성거림과 재잘거림이 음악이 된다."고 표현하곤 했죠. 그 표현이 무척 좋았어요.

단골손님 중에는 특별한 관심과 사랑을 보여주는 이들도 점차 생기기 시작했는데 그들은 후원회를 조직하는 것도 바람직할 것 같다는 의견과 조언을 했지만, 그 이상의 일을 추진할 에너지가 남아 있지 않다고 말하곤 했어요.

이런 사정을 잘 아는 친구들이나 지인들은 운영의 어려운 점을 인지하며 친절하고 현실적인 제안들을 제시하기도 했어요. "이 집과 뜰을 팔아 도심지에 가서 가게를 차리거나 차라리 식당을 차려 영업을 벌여 이익을 챙기는 게 낫죠!" "산골에서는 아무리 해도 운영이 어려우니 꿈도 꾸지 말아요!"

자연에서 사람들에게 전해지는 특별한 뜰의 감동이 송두리째 무시되어질 때마다 그들의 숨 가쁘고 달콤한 언변이 딱따구리의 쫌처럼 그저 귓전을 때릴 뿐이었어요. 오히려 이러한 제안들은 왜 자연 속에 뜰이 존재해야 하는지 당위성을 더욱 엄연하게 해주었어요.

어느새 뜰지기인 나는 한 치의 여지나 틈새를 용납지 않는 고집불통의 산골 아낙이 점점 돼가고 있었어요. "그런 예상 없이, 고집 없이 이런 일을 하기엔 너무 많은 무리수가 기다리고 있으니까 늘 마음을 다시 잡고 그 끈을 놓지 않으려 애써야 한다!"

백작 부인 뜰지기

누가 뭐라 하지도 않았고 묻지도 않았지만 뜰지기의 역할과 임무를 스스로 정하기도 하였어요. 나는 자신을 백작 부인으로 부르기로 했어요. 물론 서양 속담이 말하듯 귀족의 정의는 삼대를 거치며 증명되는 것이므로, 노블레스 오블리주의 사명감을 잊지 않으며 우아함도 가꾸는 백작 부인을 의미하는. 뜰지기에 대한 자격이나 임무와 역할에 대해 한 번 정도 짚어보는 것이 좋을 것 같다는 생각이에요.

뜰지기는 우선 사람들을 좋아하고 사랑할 뿐만 아니라 섬김 정신이 필요할 것, 왜냐하면 뜰 주인공들인 방문객들에게 잠시나마 행복감을 전해주기 위해 존재하기 때문이죠. 예술가들이나 강연자들, 그리고 문학가들이 그들의 전달 메시지를 효과적이고도 아름답게 전달하여 그 목표를 이룰 수 있도록 환경과 상황을 창조적으로 도와주는 도우미이기도 해요.

때로는 축제의 원활한 흐름을 위해, 그리고 더 풍성한 감성의 싹 틔움과 피움을 위해 시적인 멘트로 사회를 맡거나 광고나 안내를 위해 잠시 등장의 기회가 주어지기도 하지만 여전히 그 축제의 주인공은 사람들과 자연과 창조주라는 것을 잊지 않아야 해요.

가끔 바깥세상 사람들은 나를 숲의 여신이나, 엘프로 여기는 분위기는 익히 들어 알고 있어요. 아마도 꽃에 묻혀 꽃에 미쳐 꽃에 죽을 것 같은 여인이 머리에 두른 꽃 화관과 사철 정원의 들꽃 놀이와 식탁에서 폭죽 터지는 듯한 향연의 축제가 주는 환상적이고 환희적인 요소 때문일지도 몰라요.

온갖 기술로 휘황찬란하게 영원히 시들지 않을 것 같은 강인함과 화려함을 장착한 수입 조화 앞에서도 나는 굴하지 않고 눈길조차 주지 않아요. 아무리 자연을 기술적으로 모방해서 솜씨 있게 만들어진 조화지만 가짜가 더욱 진짜 자연스럽다는 현실이 안타까워요.

곧 시들어버리고 조심히 다루지 않으면 꺾이고, 숨죽여 다루지 않으면 곧 죽는 야생화와 정원의 꽃들을 난 왜 그리 목숨 걸고 사수하려는 걸까요.

뜰지기는 겸손함과 덕을 겸비하되 자연을 소중히 여기고 정원에서 꽃과 나무를 가꿀 것, 다양한 사람들과 교류를 할 것, 그리고 그 사람들을 적소에 적절한 시간에 주인공으로 등장시켜 감성 소통의 기회를 마련해 줄 것, 일상에서 맛과 멋을 누리며 즐기며 자신을 아름답게 가꿀 것, 정원에서 꺾은 신선하고 향기로운 꽃으로 사람들에게 화관을 만들어 씌워 주는 사랑의 감성을 소유한 자라면 더할 나위 없겠죠.

앞치마를 즐겨 입고, 정원용 손질 장갑에, 가능하다면 정원에서는 끈이 달린 차양 큰 모자를 쓸 것, 실내에서는 손수 만든 린넨과 노스탈직한 레이스가 조화를 이룬 보넷을 즐겨 쓸 것 등 이러한 참고나 요망사항으로 넣어 뜰지기 백작 부인의 자격을 가까스로 완성하기에 이르렀어요.

산골 사람들과 소통하기

치유 프로그램과 감성계발 수업이 진행되면서 내가 알고 경험하고 깨달은 것들을 가능한 많은 사람과 나누고 싶었어요. 물론 제일 첫 번째 대상은 나 자신이었고 다음은 가족이었어요. 남편과 마주 앉아 향기로운 차 한잔을 마시며 바쁘게 치닫고 있는 일상에서 쉼의 여유를 누리는 것이 오랜 꿈 중 하나였는데 그 꿈을 해결하게 되었어요. 간단하지만 오감을 살려 분위기 있는 식탁을 차리는 것, 때로는 화사한 꽃 한 송이로도 무미건조한 실내 분위기에 생동감 있는 터치를 가하는 것 등이었어요. 수년 사이로 나의 삶에 시와 노래와 그림과 꽃꽂이와 자수, 바느질이 생활화 되었듯이, 이웃을 위해서도 이러한 다양한 창조의 느낌과 건강한 감성 표현의 장을 마련해주는 것에 초점을 두었어요. 사람들의 정서적 행복감을 채우려 시작한 나의 작은 뜰이 정서가 메말라버려 궁핍한 사람들에게 촉촉한 습윤을 공급하는 작은 옹달샘이 되는 꿈을 꾸며.

감성은 마치 보자기 같아서

감성이 신체의 어느 기관에서 만들어지는가는 정확히 말할 수 없으나 상징적으로 '심장'이나, '가슴', '마음(heart)'으로 표현되는 것은 무척 흥미롭다고 생각했어요. 더군다나 산수에 약한 이에게는 수치로 계산할 수 없어서 더 다행이었지요. 감성은 마치 보자기 같아서 두루뭉술 감싸 안아주는 것이고, 머리로 따지고 계산하기에 앞서 냉혈 가슴을 녹여주는 햇살 같은 따스함이니까요.

뚫린 가슴이 있는 당신에게

사랑을 위해 가슴 한켠 비워 두어요
사랑은 빈 가슴에만 다가오니까요
갈급하지 않은 이에게 무슨 사랑 필요하겠어요

사랑을 위해 가슴 한켠 비워 두어야 해요
사랑하는 마음도
사랑받는 마음도
가슴 한켠 비워 두어야 찾아오니까요

꽉 찬 가슴에 무슨 사랑 필요하겠어요
지금 당신 가슴 비어 뻥 뚫려 있다 해도
너무 걱정하지 말아요

오롯이 빈 의자 준비하고 기다리는 내가 있잖아요

당신과 나, 우리 둘을 위한 시간,

그리고 따듯한 차 한잔

나에게 올 땐

그냥 뻥 뚫린 가슴으로 달려오는 것 잊지 말아요

당신의 뚫린 가슴 채워주려

내 가슴 뜨겁게 달구고 있을 테니까요

첫 번째 시도: 뜰 아나바다

사람들과 함께 느끼고 소통하기 위해 제일 처음으로 시도한 것은 아나바다였어요. 물건들을 아끼고 나누고 바꾸고 다시 쓰자는 의미의 운동. 자연이 좋은 친구가 된다는 것을 아는 사람이면 자연을 소중히 여기게 된다는 것을 알고 있었기에 국어의 가장 아름다운 단어라고 여겨지는 '아나바다'를 실천해보기로 한 거지요. 아끼고 나누고 바꿔 쓰고 다시 쓴다는 운동은 나의 삶에 배어 있는 환경 철학과 일치하고 있어 그 실천은 특별하지도 유난스럽지도 않은, 자연스럽고 쉬운 일이었어요.

환경을 생각하며 벌어진 이 잔치에서 자신들을 자랑스러워하기도 하고 기뻐하는 사람들의 모습을 보며 새삼 놀라기도 했어요. 그러한 연유에서인지는 몰라도 비교적 가장 많은 사람이 모이고 다양한 사람들이 소통하는 뜰의 축제였어요.

아끼고 나누고 바꾸고 다시 쓰기를 실천하기 위해 숲속 뜰에 사람들이 모여드는 날이면 앞 숲에도 조용하지만, 생기 있는 에너지가 흘렀어요. 사람들이 터지는 웃음으로 서로 화답할 땐 숨죽여 지켜보던 꾀꼬리들이 후다닥 놀라 달아나곤 했지요.

뜰지기가 아나바다를 준비하며 쓴 시가 문단에 발표 되었고 이 시는 후에 미국 캘리포니아 주 밀피타스 포스트와 미국방송국 TV에도 소개되는 영광을 얻기도 하였어요.

아나바다를 준비하며

한 해 동안 한 번도 입지 않은 옷과 가방을 찾아두고
대바구니에 공짜로 가져갈 책이랑 잡지들 간추리며
유럽에 살 때 보았던 많은 책들
고이 모은 보물들 미련 없이 꺼내놓았습니다

개량한복 저고리와 중국식 나이트 가운, 예쁜 원피스
협찬을 받았던 액세서리와 멋진 귀걸이
마트에서 얻어온 종이상자를 모아 진열해놓으니
아*나*바*다 가설무대 같아 보입니다

뒷마을에서, 대전과 공주에서 대평리에서도
직접 만든 딸기잼이랑 고추장 된장 쌈장 배즙 등등

나의 작은 뜰, 뜰 행사의 단골 메뉴들이지요

어두운 창밖엔 고즈넉이 비가 내리고 있지만
날이 새면 찬란한 햇살과 신선한 바람이 몰려와
새들과 강아지들, 앞개울 다람쥐까지
모처럼 시끌벅적 이웃들이 행복해졌으면 좋겠습니다

분별력 없는 사재기 욕망이 키운
지구 쓰레기 줄이기에 동참하는 눈동자들도
꿈속에서 모두 빛나고 있을 것입니다

Preparing ANABADA Feast

By Young-Mee Choi (Youngmee's garden)

Looking for the clothes and bags that have not been used even once a year,
Arranging the books and magazines in a basket to bestow upon guests,
I put out an abundance of books read while living in Europe
And valuable treasure, that I had preserved in a lingering desire.

I collected and displayed assorted modern Korean dresses,

Chinese night gowns, lovely lace and ruffled dresses, and accessories

Gifted to me by my supporters, displayed in paper cartons from the markets,

To appear like a real ANABADA stage for Young mee garden feast

Strawberry jam, thick soy paste mixed with red peppers, pure soybean paste,

And pear juice, all homemade in the nearby village of Daepyungri

Other things from cities of Daejeon and Gongju, these are the frequent articles

That my small garden carries, of Young mee garden feast

Outside the window as I prepare, it rains silently in the dark and dismal night,

But when morning dawns the brilliant sun shines and fresh winds blow,

From neighbors to birds, to puppies, even squirrels at the mountain rivulet

At the front of Young mee garden, I wish all to be joyful in the festival atmosphere.

All the eyes twinkling in the night anticipate the feast

To reduce the heaping of trash upon our globe,

That the indiscriminating greed promotes

I wish this desire would be luminous in our dreams.)

선진국의 매력 벼룩시장

벨기에와 독일, 미국에 사는 동안 주말이면 열리는 벼룩시장은 나의 작은 감성학교였어요.

무작위로 선택되어 무질서하게 펼쳐져 있지만 수준 높은 디자이너에 의해 설계된 설치미술 전시장이라 해도 손색이 없어요.

마차와 사람들의 발자국으로 매끄러워진 단단한 반석 위 세워진 학교!

벼룩시장의 수업 과목은 절약과 환경보호를 가르치는 아나바다 학과,

당대 일상을 장식했던 미지의 예술가에 대한 예의와 존경심을 배우는 예의범절 학과!

신혼 초 박봉에 시달리며 살던 시절 아파트 한 모퉁이에 펼쳐진 구제옷에 이유 없이 설레던 벼룩시장 쇼핑의 씨는, 유럽에서 뿌리를 내리고 미국에서 꽃을 피워 한국에서 '뜰 아나바다'로 열매를 맺게 된 셈이랍니다.

두 번째 시도: The Song of Love

따스한 사랑의 하모니로 사람들의 평화적인 묶음을 시도하자는 의미에서 연 노래 부르기 모임이었어요. 첫 모임이 시작되었을 즈음에 마침 북한의 연평도 도발이 있었는데, 적대감으로 대치된 한반도가 사랑과 평화의 하모니로 하루빨리 긴장과 대립이 녹아지는 기적이 일어날 수 있으면 좋겠다는 마음이 더 절실하였죠.

마음이 강팍한 사람들은 전혀 노래를 부르지 않는다는 것을 목격해왔고 노래가 우리에게 주는 위안과 순화의 힘은 어느 핵무기보다 강하다는 믿음에서였을까요. 하늘의 별들도 제 소리로 노래하고 달도 태양도, 푸른 태평양 속의 돌고래까지 우주의 모든 생명체가 각자의 소리로 화음과 리듬을 만들어낸다는 아름다운 영상은 큰 감동을 준 적이 있었죠.

당시 한국의 모 방송국 TV 프로에는 노래가 사람들의 마음을 얼마나 부드럽고 따뜻하게 만드는지를 감동적으로 보여주기도 했어요. 노래를 부르는 사람만 아니라 노래를 듣는 TV 앞의 많은 시청자도 울고 웃는 장면을 잊을 수가 없었죠.

아마 세 집 건너 한 집에 모여 삼삼오오 노래를 부를 수 있는 가정과 나라와 사회가 된다면 웃음과 열림과 부드러움이 운행하는 이 땅 모두가 천국같이 되겠지요. 마치 어린아이의 소망처럼요. 어둡고 음습한 공간에서만 노래를 부르는 사람들을 구출해내고 싶은 마음도 긴박해졌고요.

세 번째 시도: 하우스 콘서트

뜰 축제의 가장 절정은 벨기에 어느 숲속 작은집에서의 하우스 콘서트의 감동을 회상하면서 무리하게 열기 시작한 하우스 콘서트였어요. 그 시간을 무척 애착을 갖고 기대하였어요.

성탄절 하우스 음악회가 열리고 있는 창문 밖에서는 흰 눈이 소리 없이 내리고 있었고, 앞산 나뭇가지가 파르르 마지막 이파리를 떨구던 겨울밤, 요한 제바스티안 바흐의 「예수는 우리의 참된 기쁨」, 베토벤의 피아노 소나타 「열정」을 들으며 마주친 남편의 눈에 눈물이 그렁거렸어요. 마음속에서는 더 흐느껴 우는 듯 그 공간에 함께 있던 사람들도 유사한 반응으로 이름 모를 화학적 기류가 흐르고 있었죠.

숲속 작은 집에서 베를린의 콘체르트 하우스 홀에서나 뉴욕의 음악홀에서 들을 법한 음악을 감상하였죠. 실제로 그러한 경력을 가진 한국의 음악가들을 초대할 수 있었던 것에 자부심과 고마움을 느꼈어요. 작은 거실은 최고의 연주 감상을 위해 소박하지만 단아하게 꾸며졌어요.

스무 명도 안 되는 청중들을 위해 울려 퍼지는 연주 음악의 황홀경에 취해 일상에서 탈출해 여행을 떠나는 백만장자나 유럽의 왕실가족이 부럽지 않다고 표현하는 이도 있었어요. 삭막하고 긴장감 넘치는 일상에서의 조그만 감성 터치로 사람들은 어디서부터 생겨났는지 알 수 없는 자신감과 넉넉함으로 무거운 어깨가 춤추듯 들썩이는 것 같았어요.

네 번째 시도: 미술품과 수공예품 전시회

'미술품과 수공예품 전시회'를 통해서 공장에서 대량으로 쏟아져 나오는 상품들과는 달리 사람들의 정서를 정제하고 여과시켜준다는 것, 정성 들여 한 올 한 올 만든 작은 작품 하나가 사람들에게 얼마만큼의 감동과 카타르시스를 제공해주는지 확인하는 계기가 되었지요. 빠른 디지털시대에 좀처럼 느끼기 힘든 '느림'의 생산품인 예술품들은 방문자들에게 추억이었고 아스라이 멀어져 간 그리움인 듯 반갑게 환영했어요.

작품들이 주는 감동과 심미적인 충족감에 행복감을 표출하는 사람들의 얼굴은 서로 미소로 화답하고 있었죠. 물론 작품들에 대한 간단한 설명이나 이야기를 곁들이며 대화를 나누는 일은 또 다른 소통을 불러오곤 했는데 이 순간은 한 땀 한 땀 만들어진 조화로운 색상의 조각보를 감상하며, 캔버스 위 나무 이파리에서 초여름의 향기를 맡으며, 방문객들은 얼마나 눈과 귀를 가리고 느낌 없이 살고 있는지를 한탄하기도 하였죠. 돌이킴, 그리고 회복이 바로 뜰이 추구하는 사명인 만큼 뜰지기는 이런 순간이면 희열감과 안도감이 함께 몰려오는 것을 경험하곤 했어요.

방문하는 사람들과 화가, 공예가들이 전시된 작품의 감상 기회를 통하여 직, 간접적으로 만남의 기회가 열리기도 했답니다. 물론 이러한 설명을 듣고 그 작품을 구매하는 경우도 생겨 작가와 뜰 운영에 경제적인 손실에 자그마한 숨통을 틔워주기도 하였지요.

기타의 시도들

그 외에도 또 다른 숲속 뜰 축제는 문학회 모임과, 시낭송회, 그리고 명사들과 함께하는 강연회 등이었어요. 대표적인 강연회는 글로벌 시대에 건강하고 행복한 지구촌 시민으로서 함께 살아가기 위해 지켜야 할 에티켓이나 자격 등에 관한 작은 연구들을 담아야겠다는 필요성에 '글로벌 시대의 시민' 이란 강좌를 열었어요.

이 강연이 있던 날 동네 젊은 주부들에게 필요한 강좌라며 혼자 동분서주하며 그녀들을 승용차로 실어 나르며 분주했던 기억이 생생하네요. 이럴 때면 돕는 손길들이 무척 아쉬웠고 유익한 일들이 이루어지기 전에 누군가의 숨은 헌신이 있기에 가능하다는 사소한 진리도 새삼 절실히 와 닿았죠. 물론 깊이 있는 전문가의 강연에 몇 안 되는 청중들은 진취적이고 전문적인 내용의 강연을 듣고 글로벌 시대에 대한 통찰력을 갖는 기회가 되었다고 말하기도 하였지요.

뜰 축제의 VIP

예술과 문화를 통해 '뜰'에서 정신과 정서를 소통한다는 것도 배경이나 각자 처한 환경이 다른 사람들에 대한 서로의 이해나 배려가 전제되지 않으면 의미가 희박해지기 쉽다는 것을 알았어요. 그래서 뜰 축제에서는 이러한 축제에서 혜택을 누리지 못하는 이웃들, 문화와 예술 사각지대의 소외자들을 초대하기 시작했어요.

그들을 위해서도 지상에서 느낄 수 있는, 아름다운 일, 그래서 그들 마음이 행복감으로 느껴지고 채워지길 바라는 간절한 기도는 서서히 응답되고 있었나 봐요. 자녀 양육과 가정을 위해 숨 가쁘게 달려온 중년의 아버지와 어머니, 피아노를 한 번도 본 적이 없다는 시골 할머니, 학교에서 왕따를 당하고 어린 나이에 피자집 아르바이트를 하는 청소년, 그리고 낯설고 물설은 한국 땅에 와서 학업과 돈벌이하는 외국인들, 탈북자들, 시골에서 하루를 언어장벽으로 말도 없이 시어머님과 얼굴만 보고 있는 베트남 어린 신부 등(실제 10여 개 국적의 사람들이 방문) 뜰 축제에 초대되는 실제적인 귀빈들이었어요. 전형적인 클래식 음악회장에서 목격하는 의상이 아닌, 다소 시골 일상의 옷차림일지라도 그들은 그곳에서만은 반짝반짝 빛나는 VIP였죠.

제4부

달밤, 별밤, 더욱 가까이 만나는 창조주도 뜰을 내려다보며
“너희가 행복하면 나도 행복하다”라고 말씀하는 듯했어요
가끔 등 뒤에서 흐뭇한 미소로 나를 바라보고 있다는 확신은
언제나 용기를 불어넣어 주었지요

숲속 아나바다

이웃 몇 명의 아낙들이 모여 야심차게 숲속 아나바다 장을 처음으로 열던 날, 가을의 영롱한 이슬이 아직 숲을 아련하게 덮고 있었어요. 간단하지만 단호하게 아나바다의 취지에 대하여 설명하고, 사고파는 물건 가격의 범위, 또한 남은 물품들을 어떻게 처분해야 할지에 대해서도 설명을 하였어요. 단지 서너 사람뿐이었지만 첫 아나바다라는 의미를 생각하면 나름 꽤 중요한 절차였죠.

가정에서 사용하지 않는 물건을 찬찬히 준비해 가져온 사람, 급하게 물건을 들고 나온 사람, 사용하지 않는 전골냄비, 뚝배기, 그리고 공짜로 얻게 된, 그리 유용하지 않은 각종 사은품 물건들도 가지고 나왔어요.

마을 사랑방에서 함께 조각 천으로 만든 퀼트 작품도 출현했는데 손으로 정성과 멋을 담아 만들어서인지 일부러 비싼 가격을 책정해놓고 오히려 팔리지 않기를 바라고…. 아이들의 작아진 옷이나 주부들이 유행이 지난 옷들은 쉽게 단 돈 천 원이나 이천 원에 쉽게 거래가 이루어졌지요. 적지 않은 비용으로 마련했던 아이들의 옷을 헐값으로 팔려면 아쉬움과 미련이 남기는 하지만 못 이기는 척, 이삼천 원에 기꺼이 거래가 이루어졌죠.

기껏해야 서너 사람이 참석한 첫 뜰 아나바다, 구경꾼이 별로 없는 아나바다였지만 파장할 무렵에 소문을 듣고 나타난 옆 마을 유치원 교사들이 몰려오는 바람에 파장했던 꾸러미들을 다시 풀어헤쳐 놓는 해프닝도 벌어졌어요.

많은 구경거리가 없는 첫 장터라서 집안에서 아직 유용한 옷가지와 물건들을 가져다 급히 그럴듯하게 볼거리로 진열하기도 했어요. 기대를 안고 온 손님들을 실망시키면 안 된다는 생각에서였죠. 얼마나 희극적인 광경이었는지 마지막 손님들이 돌아간 뒤에 서너 명의 우리 아낙들은 배를 움켜쥐고 한참을 웃었어요. 마지못한 듯 그 교사 중 한 명은 아이 티셔츠 하나를 천 원에 사 갔는데 그것은 우리에게 희열을 안겨주었어요.

첫 장터를 통해 많은 사람이 참여하지 않으면 그야말로 '아끼고 나누고 바꾸고 다시 쓰다' 행위가 일어나지 못하므로, 많은 사람에게 안내하고 광고를 해야 하는, 번거로운 일이라는 사실도 알게 되었죠. 구경하는 사람들이 물건을 내놓는 사람보다 약 열 배는 더 많을 것이라는 계산을 해두는 것도 덜 당황스런 상황을 만든다는 것도.

이렇게 열린 첫 숲속 아나바다는 특별히 가까운 마을에 사는 주부들과 아이들로부터 호응을 얻었어요. 그리고 처음 시작한 몇 사람의 입소문으로 알려지기 시작했어요.

횟수를 거듭할수록 도시인들은 옷이나 신발과 도서들을 주로 가지고 나왔고, 농촌인들은 밭에서 싱싱하게 솎아낸 상추나, 배추, 열무, 가을이면 배나 대추 등, 그리고 물 좋은 산골에서 직접 담근 된장이나 고추장을 가지고 나와 시식을 하며 꽤 짭짤한 매상을 올리기도 했지요.

이 축제에서 의외의 재미를 보는 사람들은 누구보다도 특별한 수입이 없는 시골 아낙네들이었는데 텃밭의 유기농 채소와 과일, 또는 된장, 고추장을 판매하며 대목을 맞을 수 있었기 때문이었죠.(산골에 이렇게 많은 사람이 모이기는 잔칫날이 아니면 드문 경우) 가끔 도시 주부들도 "된장을 사려면 뜰 아나바다를 가야 한다"고 말하는 사람들이 있다는 것을 들을 때 홀로 준비하느라 밤을 새야 하는 아나바다 이브 저녁의 외로움과 고독감도 잊을 수 있었어요.

축제가 된 아나바다

몇 회가 지나지 않아서 뜰 아나바다 축제가 단순히 사고파는 행사가 아닌, 하나의 축제로 자리매김하게 될 줄은 상상하거나 예측하지 못했어요. 아나바다 장이 열리는 날이면 '노래하는 강 시인'은 몇 시간을 쉬지 않고 모차르트와 바흐의 곡들을 노래하기를 즐겨했어요.

뜰지기 남편은 아마추어 솜씨일지라도 플루트의 청아한 음색으로 앞산 꾀꼬리를 긴장시키기도 하였고, 흥이 난 사람들은 함께 화음으로 노래도 불렀어요. 조용하던 숲속이 금세 축제의 장으로 펼쳐지는 광경은 한 폭의 영화처럼 아름답고 평화로웠어요. 사람들의 얼굴에도 흡족함과 낮아짐이 자아내는 평온한 미소가 깃들었어요.

한편에서는 마을 아낙네가 가죽 무스탕 옷을 팔천 원에 구입하였다며, 만나는 사람마다 자랑하는 상기된 목소리도 들리고, 베트남에서 시집온 어린 며느리 옷을 골라주시려 애를 쓰시던 할머니의 착한 마음도 읽을 수가 있었어요.

숲속 아나바다 장의 막이 내린 후 산골의 아이들은 미리 벚꽃이 흐드러진 4월에 열릴 아나바다 시장을 손꼽아 기다리기도 하고, 성탄절이 오기 전 마지막 12월 아나바다는 더욱 그러했죠. 단돈 일, 이천 원으로 숨어 있는 커다란 행복을 찾아내는 숲속 아나바다 장터에서는 설렘과 흥분도 그토록 자연스러운 일이었어요.

낮엔 안개 미스트, 오후엔 구름 기둥

아나바다 축제에 더 많은 사람들이 참여하게 되자 아나바다에서 물건을 파는 사람은 만 원의 신청비를 내어 모인 금액을 전액, 탈북 새터민들이나, 빈곤 국가를 돕는 NGO 등을 돕도록 하는 규칙도 나름 정하게 되었지요.

이 숲속 축제를 위해 다니며 홍보하는 뜰지기의 일이 가장 어려운 일이었긴 해도 사람들과 함께 선하고 아름다운 기회를 창조해 나가는 것이 신명 났어요.

먼 숲속 한 모퉁이에서 아나바다 축제가 열리는 날이면 적막하던 뜰에 옹기종기 몰려오는 사람들의 부산한 움직임의 시각적 자극과 웅성웅성 왁자지껄한 청각적인 자극이 기운을 더 돋구어주었어요. 규모나 숫자로 '성공'을 이야기하는 관점이나 습성에 의하면 아나바다가 시초부터 '성공적'이라 말할 수는 없었지요.

또한 이 축제를 준비하느라 밤을 꼬박 새운 뜰지기는 환상에 살고 있는 사람임이 분명했고요. 주위 사람들이 들려주는 좋은 충고나 만류로 약간의 자괴감이 몰려오기도 하지만 여전히 다음의 아나바다를 기대하며 더 많은 사람이 참여하는 날이 오길 기대하고 있었어요.

야외 정원에서 벌어지는 장터인 만큼 전날 밤은 비 걱정을 하며 뜬눈으로 밤을 지새웠고, 발코니에 나가 밤하늘을 응시하고 있노라면 깜순이와 머털이도 안주인과 눈을 맞추려 쪼르르 달려와 고개를 들어 응시하며 위로해주었어요.

축제 전야의 우려를 무색케 하며, 아나바다 장날은 뜨거운 아침 햇살엔 안개 미스트로, 그리고 오후엔 구름 기둥으로 덮여 있었지요. 하늘의 주인님도 그날을 기뻐하시는 듯하였죠.

사람들이 모두가 돌아간 후 밤이슬이 내리는 정원에서 장터의 뒷정리를 할 때면 온종일 사람들의 주목을 받아 신나는 하루를 보낸 깜순이와 머털이도 아직 그 흥분이 가시지 않아 안주인의 발꿈치를 경쾌하게 따라다니곤 했어요. 사람들 온기와 웃음소리의 잔향으로 밤이슬이 내리는 숲은 더 진한 향기를 내뿜었고, 뜰지기는 숲의 나무들로 인해 작게 열린 하늘 아래 두 손을 모으고 머리 숙여 감사 기도를 올리며 아나바다 장터를 폐장하고 있었지요.

아나바다 안내 게시판

뜰 아나바다는 도시와 농촌을 연결하고, 자연과 함께 살아가는 지혜를 나누고자 준비하였습니다.

참여하신 모든 분께 다음 사항을 알려드리오니 함께 동참하여 주시면 감사하겠습니다.

1. 판매하시는 분들은 판매하시고자 하는 물품의 가격을 직접 제시하시기 바랍니다.
2. 본 행사는 3월부터 12월까지 매월 둘째 주 화요일 10:00~15:00까지 진행됩니다.(우기 시 제외)
3. 환경보호를 위하여 비닐, 일회용품 사용은 자제하여 주시기 바랍니다.
4. 판매하시는 분은 소정의 참가비(10,000원. 농촌 주민 제외)가 있으며 매달 특별 선정된 분들을 후원하는데 전액 사용됩니다.

빈곤 국가 아이들을 위한 아나바다를 마치고 난 후

천사를 보려거든
뜰 아나바다에 오세요

약간의 신청비가
빈곤 국가의 어린이들 한 명의 하루를 굶주리지 않게 한다기에
물건을 사천 원어치 팔아 만 원을 내놓는 사람
서울에서 먼 거리를 내려온 님
키보드와 노래로 앞산의 꾀꼬리의 자긍심을 무색케 한 노래하는 님
시원한 음료로 일일 카페를 열어주는 바리스타
언제나 단골손님, 후원자 산골 이웃
미술 지도로 한층 세련된 장터의 미술 선생님

올 네이션 처치 멤버들
뒤에서 묵묵히 뒷바라지해 준 남편
이 모든 일을 따스하게 맞아준 자연
덩달아 신난 다람쥐 가족
유난히 바쁜 강아지 깜순이, 머털이
키보드와 주차장을 선뜻 허락해준 이웃 부부
그리고 뜰 아나바다에 온 백스무 명 님

사랑 안에서 함께 손잡은 오늘!
함께 만들어내는 사랑과 절제와 미덕의 축제 장
함께 행복해서 감동이 있는 뜰 아나바다

천사를 보려거든
뜰 아나바다로 오세요

딸의 첼로 연주회로 첫 하우스 콘서트

하우스 콘서트는 연주자를 포함한 갓 스무 명의 사람들이 격의 없이 맨발로 한 치 안에서 최상의 음악으로 교류하는 것에 주안점을 두었어요. 이것을 1.5m의 감동이라 부르곤 했지요.

이 감동의 무대를 처음으로 연 연주자는 가장 섭외가 쉬웠던, 독일 베를린에서 음악 공부를 하는 딸, 예나였어요. 12세부터 고전음악의 본산지인 독일인들을 감동시킨 경력을 인정하여 첫 연주가로 손색이 없을 듯하였어요. 예나는 심장을 울려대는 독특한 음색과 비루투오적인 테크닉으로 잠자고 있는 감성을 일깨우고 있었지요. 물론 뜰지기 엄마의 제안대로 예나는 맨발로 청중 앞에서 연주했고 청중들도 맨발로 연주자를 만날 수 있었어요.

독일에서 영재 음악가로서 독일 지역을 다니며 연주 다닐 때 마음 졸이며 딸을 지켜 보아왔던 차라, 딸 예나의 연주는 의미심장했어요. 엄마가 가꾼 공간에서 사랑하는 딸이 직접 첫 연주자로 초청된 것은 깊은 감동을 안겨주었지요.

음악회를 마치고 뜰에서 정찬을 준비하느라 바쁜 뜰지기에게 사람들은 감동을 주는 것도, 메마른 감성에 촉촉한 단비를 내리게 하는 것도 딸이 엄마를 똑 닮았다고 말해주었답니다.

온 정성과 심혈을 들여 교육시킨 딸을 타인의 행복을 위해서 내어주었다며 치하하는 듯한 소리도 정찬 식탁을 차리느라 귀담아듣지는 못했어요. 하우스 첫 연주회를 마치고 엄마가 약속하였던 소정의 개런티는 지급하지 못했어요. 가장 가까이서 엄마의 고충을 아는 딸이 있어서 대견하고 고마웠지만, 약속을 지키지 못하여 미안하기도 했어요.

하우스 콘서트의 꿈을 준 벨기에의 숲속 하우스 콘서트

하우스 콘서트는 유럽의 벨기에에 살 때 초대받았던 숲속 한 전원주택 음악회에서 힌트를 얻은 것이었어요. 벨기에 거주 시에 코뮌(commune)에서 취미로 첼로를 배운 적이 있었는데 지도교수의 초청으로 숲속 하우스 콘서트에 초대받은 적이 있었지요. 음악회가 열리던 밤 어린 딸을 데리고 우리 부부는 초행길에 낯선 숲에서 저녁 내내 음악회 집을 찾아 헤매었어요. 그 음악회가 열리는 집 앞에 이르렀을 때, 주위의 온 숲을 밝히던 거실에서 비추던 안온한 호박색 빛을 보며 안도의 숨을 쉬었죠.

음악당은 보통 평범한 가정집의 거실이었으니 그리 특별하지도 않았어요. 거실이 정확하게 나누어져 반은 연주 무대, 반은 관중석이었어요. 은발의 음악가들이 흰 턱시도에 검은 연미복을 입고 당당한 자태로 비좁은 나선형 계단을 내려오는 광경이 생소하고 대조가 되기도 해서 웃음이 터질 뻔했는데, 청중은 고작 예닐곱 명과 현악 사중주를 연주하는

네 명의 연주가가 전부였지요

곱게 차려입은 한 노 여인이 연주회 동안 바스락거리며 핸드백에서 무얼 찾으며 중얼거리며 연주회 분위기를 망가뜨린다고 생각을 했지만, 이 광경 또한 가정 음악회에서만 볼 수 있는 친근감이라는 생각에서 아름다운 추억으로 자리 잡고 있어요. 사랑하는 가족과 함께 클래식 음악을 클래식 음악의 고장에서 살롱음악의 형태로 감상하는 것은 큰 특혜를 맛보는 경험이었어요. 그것도 한적한 숲속 작은집에서요.

적지 않은 약 칠만 오천 원의 입장료를 지불하며 영영 잊지 못할 추억을 쌓은 셈이죠. 이때 경험한 현악 4중주의 선율이 협소한 공간에서도 큰 감동을 주기에 모자람이 없다는 확신은 뜰 음악회 규모에 커다란 의미와 힘을 실어주게 되었어요. 작은 공간에서 흐르는, 따듯한 소통의 에너지가 음악의 힘과 함께 시너지 효과를 낸다는 확신이었어요. 음악회 행사 규모는 원래 공간의 협소함으로 작게 시작되긴 하였을지라도 아기자기한 섬세함이 오히려 친밀한 감동을 선사해주었어요.

석양 아래 정찬

음악회가 끝나면 담소를 나누며 함께 아름다운 정찬을 들게 되는데 이럴 땐 뜰지기의 창조적이고 예술적인 식탁 예술과 푸드스타일리스트의 음식이 어우러져 마치 그림에서 보았던 천국 정찬을 만들어내었답니다. 이 준비 작업은 사실 적지 않은 에너지와 수고가 필요한 일이라서 이 또한 뜰지기나 푸드스타일리스트가 타산적이거나 함께 즐기고 공유하는 감성의 소유자가 아니라면 불가능한 일이에요.

음식은 예술과 조합될 때 더 부요한 감성을 창출해내고 몇 배 더한 행복감을 주기에 심혈을 기울여 이 시간을 준비하곤 하였어요. 감성계발 강좌 중에 늘 강조하는 것처럼 밥상에 창조주의 감성을 곁들여 감성밥상을 차리는 일은 가정과 사람을 살릴 수 있다는 지론이기도 해요.

유럽에서 모아둔 앤틱 자수 식탁보와 앤틱 접시와 은촛대도 식탁 위에서는 더 이상 골동품이 아닌, 밥상에 둘러앉을 사람들을 위해 매력을 뽐내었죠. 붉게 물드는 석양 아래 은은하고 고혹적인 은촛대의 촛불은 춤추고 사람들이 하얀 린넨 식탁보가 깔린 식탁에 둘러앉아 식사를 하는 장면은 18세기 유럽 배경 영화의 한 장면을 연출해주었어요.(얼마 후에 안타깝게도 독일 거주 시 고급백화점에서 구입한 나의 소장품이던 그 은촛대를 하우스 콘서트를 위한 그랜드피아노 구입을 위해 팔아야만 했다.) 감동과 환희의 만찬을 즐기며 밤새 청색 도자기와 포크가 부딪치며 내는 소리와 사람들의 웃음소리가 어우러져 '석양 아래 식사'란 제목의 칸타타가 즉석에서 연주되는 것 같았죠.

음악가 초빙과 이러한 비용들을 위해 손님들은 실비를 책정해 뜰에서 발행된 티켓을 구입하여야 했어요. 티켓을 발행한 것은 여러모로 적절하면서도 고무적이었다는 생각이 들어서였죠. 자신의 정서적, 정신적 풍요를 위해 얼마의 지불은 매우 필요한 일이고 의미 있기 때문이죠.

비록 소수일지라도 티켓을 사준 사람들 덕택에 문화나 예술로부터 소외된 환경에 사는, 시골의 노인들이나 가정형편이 어려운 어린아이들, 그리고 외국인 학생들이나, 노동자들도 함께 초청할 수 있었어요. 누구도 이러한 다양한 각계각층 사람들의 모임과 교류를 불평하거나 불편해하지 않았다지요.

음악회 도중 울어대는 아기, 전원을 끄지 못해 울어대는 시골 할머니의 전화벨에도, 가볍게 웃으며 사람들은 의외로 더 흡족해하는 이 여유는 무엇일까요?

서로가 서로에게 감동을 주고받으며 스스로 놀라는 것 같았어요. 하얀 손수건으로 눈물을 훔치는 것을 목격하거나, 코를 훌쩍이는 소리를 쉽게 들을 수 있었고, 몇 평방미터의 좁은 공간이 감정의 교류와 소통의 에너지가 더 잘 흐르도록 도와준다는 원리는 잊은 채 말이에요.

유럽, 한국, 미국에서 모은 아나바다 식탁보와 냅킨들. 금이 가고 낡은 접시도 티 타임이나 감성 밥상에 빛나는 주인공이 되었죠. 쓸모없고 하찮은 것은 없다는 지론으로 아나바다 시장의 접시와 찻잔으로 상을 차리는 이유가 되었어요.

재즈피아니스트 허림의 하우스 콘서트

사람의 말이 끝날 때, 그때 말이 시작된다는 명언이 있는 것처럼 말이 필요치 않은 순간은 바로 이러한 음악회죠. 말이 없어도 선율과 하모니만으로 행복한 순간이 되었어요.

실력 있고 음악적이고 겸손하고 멋까지, 모든 조건을 골고루 갖춘 연주가들의 열창과 열연에 푹 빠지는 숲속 하우스 콘서트. 창문 밖에 종달새와 꾀꼬리와 소쩍새들도 귀 기울이는 숲속 하우스 콘서트. 하우스 콘서트에서는 이처럼 볼거리, 들을 거리, 먹을거리, 감사할 거리, 행복할 거리가 많다고 말하는 사람들.

언제나 그렇지만 뜰 음악회에 초대받은 청중들은 감성으로 감동 받기를 준비하고 오는 듯한 느낌을 받아요. 그렇지 않고서야 어떻게 단순히 1.5m에서의 친근한 감성 공유만으로도 그렇게 서로가 서로에게 감동될 수 있는 것일까요.

피아니스트 한정강의 하우스 콘서트

화산의 열기가 백두산에만 있는 게 아니었지요. 뜰이 그 열기로 곧 터져버릴 것 같았던, 71세의 고희 나이가 믿기지 않는 한정강 피아니스트의 연주, 그로테스크한 테크닉과 정열적인 감정 표현으로 메마른 감성을 촉촉이 적시기에 충분한 음악회. 연주하는 동안 살짝 훔쳐본 고희의 피아니스트는 행복하고 상기된 표정으로 연주하며 공감과 공유의 기쁨을 만끽하고 있음을 읽을 수 있었어요.

함께 천상의 소리로, 천상의 얼굴로, 천상의 기운을 맛보는 그 순간엔 그들 스스로가 주체이지요. 누구의 누가 아닌 그들 스스로가 그냥 귀한 사랑받는 존재고 자랑스런 주체. 특히 그녀의 진솔한 인간적인 면모와 저명한 한국의 음악가 가정으로서의 삶의 이야기를 들으며 청중들은 공감하며 치유의 시간을 가졌어요.

피아노 연주를 들려주며 인생의 선배로서 이야기도 덤으로 들려주는 그 밤, 사람들은 밤이 깊어져 소쩍새가 우는 줄도 몰랐고요. 그리고 아직도 기약 없는 차기 하우스 콘서트에 가족을 함께 초대해 달라며 예약해두기도 했지요.

피아니스트 이범진의 하우스 콘서트

피아노 선율을 타고 흐르는 조용하고 푸근한 밤, 아름다운 선율을 따라 산골에 흩날리는 눈발도 조용히 춤을 추고 있었어요. 언젠가 외국영화에서 저택에서 열리는 음악회를 본 적이 있다고, 드뷔시의 달빛과 정경이 어울리는 숲속에서 연애시절 남편과 데이트하는 것 같다며, 인생의 기억될 아름다운 한 장면의 추억이 될 것 같다고, 사람들은 상기된 목소리로 그들의 감정을 감추지 못했어요.

산골의 깊은 밤 숲속 작은 집에서 밤늦도록 호흡을 같이할 수 있었다는 추억은 그들에게는 특별한 추억을 선사했다고 했어요. 열정과 끼와 한을 풀어내는 연주가와 교류하며 세상 근심을 다 잊게 되었다며.

아마도 죽는다는 것은 어느 누가 말했듯이 베토벤과 바흐와 모차르트의 음악을 진정으로 듣지 못하는 것일지도 몰라요. 죽는다는 것은 뜰하우스 콘서트에서 무소륵스키의 음악을 듣지 못하는 것이라고 말할 수도 있을 거 같아요.

음악회 손님들이 돌아간 밤이면 밤늦도록 달그락달그락 찻잔을 치웠어요. 감동에 촉촉해진 그들의 눈망울이 밤새 새겨져 뒤척이며 잠 못 이루곤 하면서.

산골 퀼트 방 아낙네들

옹기종기 모여 앉아 배롱나무꽃으로 화사하게 물든 산골 무릉도원에서 무아지경의 시간을 보내는 사람들이 있었는데 바로 산골 퀼트 방 아낙네들이었어요.

산골 퀼트의 매력은 바느질은 서툴러도, 서로 바느질 솜씨를 감상하거나 자연이 천지인 숲속에서 알록달록 그려진 프린트의 천을 만지는 것만이라도 기분이 좋아지는 경험을 하는 거예요.

물론 산골 퀼트 모임은 자투리 천을 각자 구해오는 것을 원칙으로 하였어요. 괜히 성하고 비싼 수입 천을 조각내어 하지 않기로 했어요. 주위에 홈패션하는 곳이나 천을 다루는 가게에서 천을 얻거나 저렴하게 구입해서 만든 퀼트는 누가 뭐라 해도 예쁠 이유가 있었어요. 솜씨가 부족해도 그 마음만으로도 추억과 스토리가 있는 작품이 될 수 있었으니까요.

따스한 봄날 잔잔한 꽃무늬가 새겨진 천으로 한 땀 한 땀 이어지는 조각 이불을 보노라면 여인들의 복잡한 심사도 어느덧 조각 이불 속에 꿰매져 묻혀버렸죠. 그녀들의 손에서 새로이 꾸며지고 이어지는 세상은 이제 새로이 펼쳐진 세상이었고, 그녀들이 품어내는 엔도르핀에 배롱나무꽃은 더 진한 화색을 뿜어냈어요.

뜰 강연회

뜰지기는 지구 위에서 함께 살아가야 하는 사람들이 땅에 경계를 정하고 탐욕으로 서로를 적대시하는 것을 증오했어요. 외국인 노동자들의 인권문제와 관련된 국가의 정책, 지구촌에서의 에티켓이라는 내용으로 한 NGO 이사장님의 강연을 기획했어요. 지구촌 시대에 걸맞은(global standard) 기준에 대한 의식이 어떠한 측면에서 구비되어야 하는지, 지구촌의 새로운 이슈에 관한 전문가들의 관점들을 정리하여 알기 쉽게 강의를 들었어요. 다양한 분야(빈곤 퇴치, 환경, 평등한 교육, 여성들의 권리 등)에서의 지구촌 시민의식과 그에 걸맞은 실천 방법까지 이모저모를.

이러한 귀한 자리에 많은 사람이 참석하면 얼마나 좋았을까 하는 아쉬움은 남았지만, 산골까지 찾아와 당면한 밥벌이나 취미도 아닌 이슈에 대해 적극적으로 토론하고 관심을 가진, 적극적인 지구촌 시민(global citizen)인 동네 아낙들이 있음에 만족스럽고 자랑스러웠어요.

정치가들의 야심과 전략에 찬 세계화가 아닌, 시민들 사이에서의 도덕성을 회복하고 사람을 존중하는 데에는 시민들의 의무와 사명이 있음을 의식하는 시간이었어요. 너무 광대하고 막연한 그 길을 어떻게 개인적으로 실천하느냐가 더 중요하다고, 만나는 타향살이 외국인들에게 성경의 명령처럼 그들을 선대하는 길이 급선무임을 다시 한 번 확인하는 시간이었죠. 자기 자신처럼 그들을 섬기는 것이 글로벌 시민으로서 내가 할 수 있는 최선의 길이라는 것도요.

숲속 그림그리기 'The Drawing of Love'

화요일엔 산골 뜰에 친구들이 하나둘씩 화구를 가지고 나타나기 시작했어요. 뜰 손님들을 모두 친구라고 불렀는데 외로운 인생길에 만나는 친구는 얼마나 소중한지를 산골에서 너무나 절실하게 느꼈기 때문이에요.

먼 산골 구석을 마다하지 않고 달려오는 친구가 있어 산골에서의 삶이 가능한 이유이기도 해서 그들을 위해 차와 커피를 끓이는 일은 무척 신나는 일이었어요. 이처럼 외딴 산골에서 차 한잔과 따스한 커피 한 잔을 준비하고 기다리는 친구를 가진 사람은 특별한 행운을 가진 사람이라고 나 자신도 부러워했죠.

그림을 그리는 분위기에 몰입되면 나이와 인생의 연배 상관없이 이야기보따리를 자연스레 하나씩 풀게 되는 일도 이곳에서는 가능했고, 보통은 서로를 잘 모르면 조심스런 대화가 오가거나 약간의 절제와 긴장감이 흐르는 경우가 일반적이지만 이 시간에는 누구도 그 이야기들을 심각하게 귀담아 두지는 않죠. 그저 연필과 붓의 율동과 함께 옹골진 감성들도 풀어헤쳐져 흐르고 있다는 것을 그들은 감지하고 있었을까요?

아낙들의 가장 인기 있는 이야기의 주제는 역시 남편이나 자녀들에 관한 것들이죠. 큰소리로 시작한 그들의 이야기가 어느덧 끝이 흐려질 때면 '흐르는 것이 어찌 뜰 앞에 개울뿐이랴 우리들의 이야기도 흐른다' 라고 읊조리곤 하였어요. 그림을 보며 모네 정원의 붓꽃이나 이태리 벽화의 프레스코 같다는 서로의 격려에 어느새 몰려온 새들의 재잘거림의 장단에 맞춰 아낙들의 목청들도 더 고조되곤 했죠.

시낭송회

시낭송회는 지인인, 강 시인의 등단기념회 시낭송을 계기로 자연스럽게 시작이 되었어요. 당시에 다섯, 여섯 명이 모여 시를 낭송하며 울고 웃으며 억세고 때 묻은 감정이 순화되고 정화되던 느낌은 아직도 생생해요.

그 만남을 시작으로 한 문학회가 출생되기도 하였는데 뜰이 위치한 마을이 남쪽에서 달이 뜬다 해서 '남월'이란 이름으로 걸음마 발을 떼었어요. '남월문학회'란 이름으로 한 대학의 문학 교수와 함께 뜰 모임이 그렇듯이 다섯, 여섯 명이 시작된 작은 모임이지만 그 파생 효과는 그리 작지 않은 것 같았어요.

뜰지기가 시를 낭송하는 날에 방문하거나 참여하게 된 사람들은 만나는 사람들과 뜰지기의 시낭송회에 대해 이야기꽃을 피운다는 소문을 듣기도 했지요. 이야기꽃을 피운다는 소문을 들은 후부터는 더욱 잔잔하고 미세한 감성 바이러스의 영향력을 믿었어요. 나비의 날갯짓이 바람을 일으킬 수 있듯이.

시는 어렵고 이해하기 힘든 것이라는 선입견이 있던 사람들도 시낭송을 통해 두 눈에 눈물이 맺히는 것을 보았어요. 척박하고 바쁘게 현대를 살아가는 사람들의 해묵은 감정들이 기경되는 것을 경험하는 순간이었나 봐요.

시는 단어와 단어의 조합만이 아닌, 일상의 삶과 경험과 세계관의 총합이기에 사람들에게 동감을 이끌지 못하면 시낭송 모임도 그저 명분만 있는, 폐쇄된 모임에 불과할 터이죠. 그 시간과 공간 속에서 얼마나 함께 감동하며 서로 행복감을 느꼈는가가 가장 중요한 관심사였어요. 뜰은 단순히 문화행사들을 기획해내는 문화공간만이 아니니까, 진정 사람들이 기쁨과 행복을 누릴 권리들을 찾아내도록 도와주는 곳이기를 바랬죠.

마을 할머니 친구와 영어 알파벳

마을에 이사 와서 할머니들과 사귄 시간이 얼마만큼 지나자 할머니들은 일종의 이벤트들을 요구하기 시작하셨어요. 긴 겨울밤 노래도 함께 부르자 하셨고, 국문을 배운 적이 없어 버스를 타기가 어려우신 분은 한글을 가르쳐달라 어렵게 부탁을 해오셨지요. 물론 이 비밀은 그녀 남편도 자녀도 모르는 것이라서 조심스레 비밀을 간직해야 했어요.

그중에서 특히 기억에 남는 일은 영어 알파벳을 가르쳐달라는 어느 할머니의 부탁에, 해 지난 달력 뒤에 영어 알파벳을 적어두고 함께 소리 내어 목이 쉬도록 같이 읽기도 하면서 밤과 낮을 불문하고 한 맺힌 글 공부를 습득해 나가는 것이었어요.

할머님들은 글 공부를 마친 저녁에는 고마움의 표시로 봄에 담가둔 돌복숭아 술과 버찌 술을 한 상 차려주셨지만 끝내 술을 마시지 않음을 무척 못마땅하셨어요. 깊은 겨울밤 글 공부방 일을 마치고 집으로 돌아오는 길목엔 눈 덮인 마을 청회색 길 위에 보름달이 환한 얼굴로 길동무가 되어주곤 했어요. 밖에서 기다리던 강아지 깜순이와 머털이도 발걸음을 재촉하며 눈길 위에 세 개의 발자국을 그려놓았답니다.

숲속 재산목록 1순위 마을 할머니 친구들

숲속에 들어와 살면서 새로운 영역의 친구들이 여럿 생겨났는데 숲이 그렇고 실개울이 그렇고 강아지와 다람쥐, 그리고 이름을 배워가는 많은 새들과 곤충들이 그렇죠. 그중 산골 생활 중에 재산목록 1순위는 마을 할머니 친구들이었어요.

긴긴 겨울밤이면 사랑방에 둘러 앉아 가을 수확해 말려둔 곶감이나 군불에 구운 고구마는 최고의 간식거리였어요. 할머니들은 봄, 여름 동안 수확한 과일이나 열매들로 담근 과일주를 한 잔씩 드셨는데, 마을에서 일어나거나, 때로는 입에서 입으로 전해들은 윗마을이나 아랫마을의 발 빠른 정보까지 과일주 잔에 주거니 받거니 전달해주었어요. 느리고 구수한 충청도 사투리로 술처럼 해묵은 이야기가 곰삭은 맛을 낼 때면 입을 다물지 못한 채, 군불 지핀 사랑방이 식어가는 줄도 몰랐지요.

“나무가 오래 묵은 거일수록 감이 더 달아유”라고 말씀하시는 할머니들과 친구가 되는 일은 밭에 묻어둔 보석을 발견하고 파내는 기쁨을 맛보는 일이었어요. 이런 녹록한 지혜의 잠언은 자연 속에서 관조하며, 때로는 체념하고 기다리며 얻어낸 순수한 정금과 같다는 생각이 들어요.

명절을 앞두고 이불에 새 홑청을 꿰매는 날은 빠알간 공단 이불의 레드 카펫과 초록 카펫이 깔려지는 축제의 날과 같아 바라보는 이의 가슴이 두근두근하지요. 꽃분홍 공단 이불 앞에선 할머니들의 안면에도 불그스레 홍조가 물들면, 할머니들은 금세 사극 여주인공처럼 고와 할머니 모습들을 카메라에 담아 두었죠.

오 등신과 동글동글한 꽃무늬 몸빼 바지, 털고무신의 조화가 어찌 그리 소박한 아름다움을 만들어내는지요. 그 할머니들 모습을 닮고 싶어 가끔 시골 장에 나가서 꽃무늬가 그려진 몸빼 바지를 찾아다니기도 하였지요.

뜰지기가 미국에서 떠나던 날 이틀 동안 꼬박 새우며 짐 정리를 해주시던 두 분의 할머니, 그리고 미국에서 돌아오면 함께 살자며 떠나가는 발목을 잡으시던 할머니….

이만하면 마을 할머니들이 숲속 재산목록 1순위라고 자랑해도 지나치지 않겠지요? 물론 숲속의 남정네들도 친구의 목록에 들어오기를 원하는 자들도 있는 듯하였지만 때론 술을 마셔 취기가 있는 남정네들이 위협해 오기도 하는 등 예의를 갖추지 못해, 그들은 친구 목록에는 오를 수 없었지요.

제5부

봄, 여름 숲 정원 일기

봄 감성지수

자연에서 삶이 시작되었을 때 가장 신선한 충격으로 다가온 것은 자연이 나에게 말을 걸어온다는 것이다. 자연이 나에게 전해주는 호소 같기도 하고 자연의 속삭임 같기도 하고 그 자연이 나에게 '느껴보라!' 고 한다.

아침은 뜰 정원에 나가 내 몸의 모든 감각을 열어 느끼는 시간이다. 아는 만큼 보이고, 보이는 만큼 알게 되니 행복감의 크기도 넓이도 깊이도 달라졌다. 봄에는 이런 일상이 본격적으로 시작된다.

동토의 땅에도 봄은 온다더니 경제 한파와 함께 몰아닥친 겨울의 끝자락에서도 봄은 여전히 오고 있다. 실개천에는 뽀송뽀송 돋아나온 버들강아지의 회색 빌로도 망울이 실개천 흐르는 소리에 기지개 켜며 일어나고 있다.

앞 연못에는 산개구리가 짝짓기 철을 맞아 한껏 중후한 목소리로 밤새 암컷을 유혹해낸다. 긴 겨울이 길게 느껴질 즈음이면 산사람들은 봄을 기다리느라 안달이 난다. 혹 집안에 봄기운을 먼저 들여놓으려 인터넷에 '봄맞이 인테리어'라는 내용으로 검색창을 두드려보지만 하나같이 봄맞이 인테리어를 위해서 벽지를 바꾸라든지 가구를 바꾸어보라는 서민들에게는 그리 쉽지 않은 제안들 일색이다.

간절기가 되면 한 번씩 들르는 작은 가게가 있다. 오가며 알게 된 이 가게는 '구제가게'라는 곳이다. 물론 이곳에는 우리나라의 좋은 옷들이 어떠한 경로로 이곳에 '구제 옷'의 명분으로 오게 되는지는 몰라도 꽤 입을 만한 옷과 소품들이 있어 계절이 바뀔 즈음에 내 발길을 이곳으로 이끌어준다. 빛바랜 추억을 안고 있는 오래된 옷들, 물건이 특별히 가지는 정감 때문에 중고 가게나 벼룩시장을 자주 찾게 되는 연유이다.

요즈음은 레트로, 빈티지 풍이 유행이라니 이 시절에 사용하던 물건들, 낡은 의자, 엄마 옷 스타일의 아이템이 인기이다. 오래된 물건들이 서울의 갤러리와 카페를 장식하고 있으니 새 계절 새 인테리어는 더욱 자유롭게 색다른 시각으로, 색다른 장소에서 구상해도 좋을 듯싶다.

봄을 알리는 색을 동·서양 모두 보라, 연두, 노랑, 분홍으로 인식하고 있으니 이러한 색깔들은 집안의 봄단장을 위해 모두 동원을 한다. 보라색 식탁보, 노란색 화병과 커피잔, 수건 등 봄이 성큼 앞당겨 온 듯 싱그럽다. 봄을 느끼는 감성지수만큼 봄은 우리 곁에 따듯하고 부드럽게 와 있다.

호락호락하지 않은

흙과 새들이 한 공기 속에서 같은 샘물을 마시며 살고 있다는 것은 얼마나 공평한 일인지. 그중 이기적인 존재에겐 모종의 불신이나 보복이 돌아올 수도 있다는 깨달음도 도시에서는 전혀 상상도 해보지 못하는 것이었다.

이러한 깨달음 덕택에 숲속에서의 일상은 신비롭지만 고달프기도 했다. 눈만 뜨면 시시각각 살아 움직이는 자연은 게을러 정체해 있는 나를 매일 새롭게 깨우고 채찍질한다. 때로는 나의 일그러지고 건강하지 못한 삶의 면모들을 고발하기도 한다. 숲에 취해 잠자듯 평안한 시간을 보낼라치면 따스한 봄빛을 쐬러 나온 뱀들의 출현에 호락호락하지 않은 자연이 경각심을 주기도 한다. 여름이면 발이 많이 달린 긴 꼬리 지네 때문에 소스라치게 놀라기도 한다.

이른 봄에 게을러 씨를 뿌리지 못하면 가을에 추수할 것이 없어 추운 겨울을 혹독하게 지내야 한다는 것, 그리고 설령 씨를 뿌렸다 해도 잘못된 씨앗을 뿌리면 잘못된 수확을 하게 되어 골치를 썩는 경우도 있다는 진리는 첫 가을을 지나면서 깨달았다. 그래도 겨울이 유난히 긴 산골에도 봄은 어김없이 찾아온다며 종달새들이 흰 눈과 추위에 지친 산골사람에게 위로의 노래도 들려주었다.

대지가 묵묵히 엄숙한 소생의 채비를 해놓은 것을 아시는 동네 노인들은 절기를 맞추어 논과 밭을 예쁘게 경작해둔다. 그 밭에 들깨, 참깨, 그리고 콩을 심기 위해 고랑을 만들려 농기계가 지나간 발자국은 아름다운 유선형 그림을 들판에 그려놓았다. 가지런히 정렬된 논과 밭들은 잉태하려는 엄숙한 종교의식을 위해 목욕재계하고 머리도 가지런히 단장하였다. 바라보는 행인들의 마음도 경건하다.

한쪽 양지바른 곳에서는 벌써 자줏빛 할미꽃이 인자하게 인사를 하고 있다. 몇 주 전 늦은 폭설이 왔을 때에도 하얀 얼음보숭이 사이에서 고개를 버티던 수선화의 초록색 이파리들도 고개를 내밀고 있다.

야생화 씨 뿌리기

봄이 되면 야생화 씨를 사러 대전의 노은지구 화원을 둘러보는 일은 또 다른 뜰 봄맞이 채비 중 하나다. 농촌이나 숲에서는 철마다 채비를 해야 한다는 것도 산골에 와서야 배웠다. 이 시기에 꽃 화원엔 마치 세상을 구경하려 첫걸음마를 떼는 아기들처럼 꽃들이 아장아장 걷고 있는 듯하다.

꽃씨를 파시는 아주머니는 몇 번을 당부하고 당부하곤 한다. 물을 너무 많이 주면 썩고 너무 적게 주면 금세 말라 죽는다고. 녀석들이 주변을 수놓게 될 날을 학수고대하며 물을 알맞게 주었나, 너무 덥거나 춥지 않을까 조바심에, 온 신경을 다 쏟아 정성스레 새싹을 보살펴준다.

때로는 애지중지 키우던 새싹에게 불행한 일이 발생하기도 했다. 주인의 착오로 깜빡 잊고 밤에 실내로 화분들을 들여놓지 않아 아직 서리가 내리는 산골 추위에 그만 다 얼어 죽게 되는 일이었다. 제대로 세상

구경 한번 하지 못하고 주인의 과오로 무기력하게 이 어린싹은 생명을 잃게 되었으니 꽃에 이렇게 고백하곤 했다. 보살핌 받지 못한 아이들의 슬프고 아픈 이야기처럼 "주인의 착오와 과실로 얼어 죽게 된 야생화 새싹아! 어린싹아! 무자비하고 무책임한 나를 용서해주고 고통 없고 죄 없는 하늘에서 아름답게 자라고 꽃 피우거라."

나물가게

앞산 뒷산에 진달래와 싸리꽃이 한창일 때, 산골 이곳저곳에서 아낙네들의 웅성거리는 소리를 들을 수 있다. 삼삼오오 짝을 지어 산등성이에 군데군데 군집을 이루고 있는 노랑, 분홍의 꽃들은 설령 개나리와 철쭉만이 아니다.

새순을 돋우는 진달래만큼 붉게, 개나리만큼 샛노랗게 피어나는 아낙들이었다. 마을 아낙들은 누군가 어느새 이렇게 씨를 뿌려놓았냐며 새순이 여기저기 돋는 취나물, 머위, 고사리가 한창인 산등성이를 시간가는 줄도 모른 채 넘어 다니곤 했다.

등을 어루만져주며 유혹하는 따사로운 봄빛과 하늘과 흙과 바람과 친구 될라치면 자연은 신이 나서 소쿠리에 봄나물을 한가득 선물로 담아주었다. 바구니에 한가득 담고 산등성이를 넘어올 땐 산나물에서 솔솔 피어오르는 향기가 허기진 배를 자극하곤 하였다.

"웬만한 나물들은 새순일 때 거의 먹을 수 있어유. 어릴 땐 독이 없거든유."라고 말하는 아낙네의 말에 또 다른 아낙은 "겨울잠 자고 난 뱀들이 새끼를 낳는 시기이니 공주장에 가서 장화 한 켤레 사서 신어유."라고 화답하며 집으로 돌아가곤 했다.

그때쯤이면 나도 이제 막 마친 방송용 칼럼 이야기 한 움큼을 소쿠리에 담아 두곤 했다. 그리고 향 짙은 두릅이 불러대는 손짓을 뿌리치지 못해 대나무 소쿠리 들고 뒤뜰로 나가곤 한다. 봄날의 앞뜰 뒤뜰은 온통 채소가게여서 언제나 차양 넓은 레이스 모자와 빠알간 장화로 채비만 하면 한가득 안고 돌아오고도 남았다. 그리고 이 모든 야채는 유기농보다 더 순한 자연산이었고 공짜의 선물이었다. 봄에 만드는 두릅과 머위, 냉이를 넣은 향 짙은 봄나물 파스타는 가족이나 친구들이 좋아해서 급하게 식탁을 차리기에도 최고의 메뉴다.

꽃들의 이름

새봄 앞마당에 꽃과 풀들이 일제히 고개를 내밀기 시작할 때면 그들과의 첫 만남이 떠오르곤 한다. 어느 싹은 앞 동네 선민이 할머니가 주신 달리아, 어느 싹은 지나가시던 할머니를 차에 태워드렸을 때 예쁜 꽃은 나눠서 봐야 한다며 캐주신 함박꽃, 어느 싹은 이 년 전 심은 서양 사람들이 사랑하는 사람을 위해 바친다는 하얀 은방울꽃 등.

봄이면 새싹이 내미는 얼굴들을 보며 힘든 겨울을 보내느라 고생이 많았을 녀석들에게 격려를 보내주어야 할 것 같아 상냥하게 인사를 한다. 그들도 반갑게 무언의 인사를 하는 것 같다. 그들이 힘껏 대지 위 햇빛을 보기 위해 머리를 쳐들 땐, 마치 장거리선수가 골인 지점을 향해 숨을 가다듬으며 질주할 때처럼 박수를 쳤다.

이른 봄 어느 날 시선을 끄는 녀석이 있다. 불그스레 연분홍빛 고개를 들기 시작한 새싹이었다. 땅 위로 뾰족 올라온 모습이 튤립 같기도 하고 백합 알뿌리 같기도 하고, 마치 함박꽃 알뿌리가 고개를 내미는 것 같기도 했다. 익숙하지 않은 모습을 보니 작년 가을에 옮겨 심어다 놓은 것이 분명한데 머리를 조아려 생각해내려 해도 생각이 나지 않는 것이었다.

그 꽃을 언제 심었는지, 어떤 가게에서 언제 사 왔는지, 아니면 누가 주어 심게 되었는지도 생각이 나지 않았다. 가까이에 꽃에 대해 잘 아는 동네 이웃이나, 아니면 싹에 대한 식물도감이라도 있다면 속 시원히 알 수 있었을 텐데 그것도 쉬운 일이 아니었으니 더욱 궁금해지기만 하였다. 통 기억이 나지 않으니 인내심을 가지고 기다리는 수밖에 없었다. 심은 데서 거두게 될 테니 그 열매를 보면 우리가 무엇을 심었는지를 자명하게 알게 될 것이니까.

옛 속담에 "콩 심은 데서 콩 나고 팥 심은 데서 팥 난다."는 심오한 진리에 숙연해지기도 했다. "심은 대로 거두게 된다."는 진리 앞에 약간의 두려움과 우려가 생기기도 하였다. 이 정체 모를 새싹이 혹 예쁜 모습에 현혹되어 충동적인 감정으로 심은, 보라색 엉겅퀴나 뱀딸기를 심은 것은 아닌지.

물론 모든 꽃과 식물들이 이 대지 위해서 존재하는 이유가 있다는 것은 믿는다. 이 세상에 만병이 있으면 만 가지의 꽃과 허브 등의 식물이 있다는 옛말도 믿고 있다. 최소한 쓸모가 없으면 관상용이든, 불쏘시개라도 쓸 수 있다고 믿는다.

엉겅퀴나 뱀딸기도 적합한 장소에서 그들의 역할이 있겠지만 뜰의 정원에서는 모든 꽃과 나무들이 어울려 다양성과 색다름으로 각자의 역할을 다하고 있다. 어느 특별한 나무나 꽃의 독식이나 번식은 이곳 정원에서는 선택하지 않기로 했으니 말이다.

그러고 보니 처음에는 이해하지 못했을지언정 번식력이 남다른 엉겅퀴와 뱀딸기를 뽑아낸 동네 할머니와 아낙은 충분히 산골 삶의 선배임이 틀림이 없나 보다. 나중에 안 사실이지만 그 정체모를 새싹은 이웃에서 솎아버린 둥굴레를 가져다 심은 것임이 밝혀졌다.

찔레꽃 가시

산자락마다 하양 찔레꽃이 뒤엉켜 은은한 향기를 내는 5월이 돌아오면 이해인 수녀님의 시가 떠오른다.

> 아프다 아프다 하고
> 아무리 외쳐도
>
> 괜찮다 괜찮다 하며
> 마구 꺾으려는 손길 때문에
>
> 나의 상처는
> 가시가 되었습니다
>
> —이해인, 「찔레꽃」 부분

찔레꽃을 볼 때마다 “저 가시만 없다면 시인 라이너 마리아 릴케가 병에 걸리지 않았을 텐데”라며 예쁜 꽃보다 가시에 눈이 더 가곤 한다. 하지만 억센 가시에서 초록 이파리 싹을 틔우는 것을 목격하는 광경은 자연이 베풀어주는 교훈이었다. 억센 가시에서 파란 이파리들이 나와 곤충들이 깃드는 안식처가 되는 것을 보는 일은 놀라웠다.

‘그 억센 가시가 저리도 아름답고 푸르른 이파리들로 변화될 수 있을까? 그러면 여전히 가시로 남아 가시의 역할을 감당하는 저 가시들의 존재는 무엇일까?’ 이러한 명상에 잠겨 있을 즈음이면 이른 아침부터 앞산에서 토기를 쫓던 강아지 머털이가 헐레벌떡 돌아와 발 앞에 벌러덩 눕는다.

여름 광풍이 부는 날

여름 한낮 대지 위의 수려한 햇살이 가려지고 바람이 미친 듯이 숲을 흔들어놓더니 곧이어 폭우가 쏟아져 내린다. 폭우가 올라치면 경고라도 하듯이 바람이 전령으로 와 숲을 휩쓸며 지나간다.

바람이 지나가는 자리는 소리로도, 나무 군무의 물결을 보아서도 알 수 있다. 이럴 땐 강심장의 사람들도 숲 전체가 내는 무서운 소리에 그 강심장을 자랑하지 못할 것 같다. 이런 광풍이 부는 날이면 세계 각국에서 일어난 지진으로 어마어마한 사람들이 무기력하게 땅속에 매몰되기 전에 불어닥쳤을 광풍, 영화 「폼페이 최후의 날」에서 화산 폭발과 함께 몰려오던 광풍이 연상되어 그리 기분 좋은 일은 아니다.

이런 날이면 자연과 맞닥뜨리고 살면서 자연의 숨결에도 과민하게 반응하며 살피는 진정 산골 사람이 된 듯하다. 인간이 이루어놓은 모든 것을 하루아침에 잿더미로 만들어놓는 화산, 지진, 홍수, 대기오염, 지구

온난화와 아열대 기후 등의 이야기가 이웃 나라만의 이야기가 아닌 몸으로 체감하는 일상이 되었다.

온 숲과 나무들이 바람이 부는 방향으로 일제히 한곳으로 쏠릴 때 바람에게 휩쓸리지 않으려는 듯 안간힘을 쓰는 긴장감을 느끼기도 하고, 갑자기 숨을 죽이고 있던 숲이 안도의 숨을 내뿜는 것도 지켜보곤 한다. 숲에 서 있는 사람도 숲의 호흡과 맞추어 날숨과 들숨을 쉬고 있는 것이다.

이렇게 광풍과 거대한 숲이 흔들리며 내는 광대한 자연음향은 마치 창조주의 '은혜'나 '자비'의 성정보다는 '노여움'과 '벌' 등, 심판의 이미지를 떠올리게 한다. 생태계는 인간을 위해서만 존재한다며 자연을 착취하고 파괴하고 있는 인간의 자격지심과 양심이 호소하는 소리 같기도 하다.

성가시다는 이유로 파리만 보면 플라스틱 파리채로 날렵하게 파리를 잡아내는 남정네의 파리사냥 솜씨, 음식물이 남으면 산에서 배고픈 고라니나 들고양이가 내려올 것을 염려해 음식물을 땅에 파묻어두는데 무정한 이기주의 아녀자에게 원성을 토해내는 것 같기도 했다. "흙 묻지 않은 음식 좀 먹게 하면 안 되겠니?"라고.

들짐승을 위해서 먹이를 남겨두라 한 창조주의 명령에 무지했고, 들짐승에게 무정했으며 그토록 보기에 좋았던 자연을 부지불식중에 억압하고 멸시했음이 두려워진다.

광풍이 부는 날이면 그리 종교적인 사람이 아닐지라도 위대하고 경이로운 자연을 주관하는 창조주께 무릎 꿇고 회개의 기도를 하여야 할 테다. 그리고 광풍이 좀 잔잔해진 어느 날에는 집 울타리에서 좀 떨어진 곳에 동물들의 밥그릇 하나 놓아두었다. 그러면 숲속 동물들도 흙이 묻은 음식을 먹지 않을 터이니.

그리고 다시 며칠 후에는 그 밥그릇을 다시 치워버렸다. 풀숲이나 바위가 더 좋은 그들의 밥그릇이 될 것 같았기에. 나도 어느새 산 동물들 눈치를 보는 괜찮은 사람이 되는 중이다.

전화 불통

집 전화 회선에 문제가 있어 5일 동안 바깥세상하고 연락이 두절되었다. 새로이 바꾼 핸드폰은 기지국이 멀어서인지 위치에 따라 연결이 될 때도 있고 안 될 때도 있다 보니 전화 연결을 하는 것이 여간 어려운 일이 아니었다.

좋은 서비스를 제공하는데 목숨을 거는 통신회사들 덕에 빠르고 좋은 양질의 통신 서비스를 받고 있지만 이곳 산골까지는 미치지 못하는 기지국 부족 현상으로 전화 연락이 두절되곤 할 때가 종종 있다. 이런 상황을 보고 사람들은 시골 생활이 불편하다고 얘기하곤 하지만 이런 원시적이고 전통적인 방법이 가끔은 새롭게 다가오기도 한다.

오랜만에 태연자약하게 자연을 감상하고 있을 때면 숨 가쁘게 걸려오는 전화들, 그리고 반갑지 않은 정보들. '우체국 택배가 와 있으니 상담원을 원하시면 0번을 누르세요' '0000 리서치인데요' '전기보일러 교체

하세요' 등등 대부분의 불필요한 정보들에서 해방되어 여유롭게 긴장감 없이 마음 편히 지낸 5일의 여유는 꽤 유익했다.

못다 읽은 다섯, 여섯 권의 책도 마저 읽었고, 유가 파동 때문에 기름값도 올라간다니 산골에 푹 칩거해 제대로 원시적인 삶을 살 수 있었다.

하기사 독일이나 유럽에 거주하던 때 인터넷을 신청하면 한 달 이상이 걸렸다. 그래서 고국을 비롯한 바깥세상에 무슨 일이 있었는지 News가 아닌 Oldies, 즉 물 건너간 정보를 듣기가 일쑤였다.

전화 담당국의 상냥하고 친절한 서비스의 대명사로 일컬어지는 한국의 통신회사로서는 자존심이 무너지는 날벼락 같은 사건이라고 보일지도 모른다. 그러나 전화 불통 사건은 의외의 삶의 스타일도 우리를 행복하게 할 수 있다는 것을 암시하는 것 같다.

하루라도 전화 연결이 되지 않거나 메시지 회신이 없으면 이미 시대에 뒤떨어진 사람이라거나 무감각한, 센스 없는 사람으로 낙인찍히는 세상이니 자의 반 타의 반 통신의 줄에 칭칭 감겨 살아가는 세태가 한국의 긴장감 넘치는 삶인 것 같다.

현대사회에서는 있을 법한 일이 아니라서 가족이나 친지들을 걱정의 도가니로 몰아넣은 이 사건에 대해서는 매우 유감이었지만 꽉 찬 알짜배기로 보낸 5일 동안 삶의 질은 무척 만족할 만했다.

서비스가 좋은 전화 담당국 직원이 들으면 지금 당장이라도 서비스 직원을 보내겠다고 친절과 호의를 베풀겠지만 정작 우리 가족은 숲속에 파묻혀 전통적인 옛 삶을 공짜로 체험하는 어드벤처를 즐겼으니 사양할 터이다.

가끔은 비둘기 부리에 물려 서신을 왕래해야 할지, 산 정상에 올라 봉화를 피워야 할지 고민도 해보면서 말이다.

잔디밭을 침대 삼아

봄부터 이파리가 올라오는 6월 하지가 지나면 잔디밭은 포근한 양탄자가 되어 손을 그 위로 잡아끌었다. 이런 날이면 작은 꽃망울이 터지는 숨소리를 들으며 햇빛 따사로운 풀밭에 이불을 펴고 누워 자연의 속삭임 듣기를 좋아한다.

처음엔 대지의 냄새도 풀냄새도 낯설고 어색했다. 하지만 대지를 침대 삼아 그 위 이불을 펴고 누워 뒹굴며 책을 읽고 잡지의 그림을 보면서 온 세계를 다 볼 수 있다. 이럴 때면 미국의 여류시인 에밀리 디킨슨를 떠올리곤 했는데, 그는 미국의 메사추세츠 주의 한 주택에서 평생을 살면서도 해박한 지식과 상상력으로 수많은 시를 쓴 시인이다.

봄에는 매실과 앵두와 보리수 열매로, 여름에는 버찌와 돌복숭아 등으로 효소화 시켜 주스로 만들곤 하였다. 매실 진액으로 만든 시원한 음료를 건네주거나 뜰에서 막 따온 향기로운 민트 차를 마실 때면 세상의 부자들이 가장 부러워하는 세상을 사는 듯, 내가 부러워하는 것은 더도 덜도 없다.

풀밭의 이불은 곧 소풍 도시락을 먹는 식탁이 되어 상추와 쑥갓, 그리고 부추로 한 상 차려진 쌈밥을 올려놓는다. 매콤한 풋고추와 붉은빛 쌈장과 함께 최고의 화려한 밥상이다. 마음의 부유함을 위해서 거창한 것도, 어마어마한 것도 필요치 않다는 것을 배우는 중이다.

호숫가 밤하늘 별

낮에 비친 호수는
하늘 품어 하늘색이더니

밤에 비친 하늘은
호수 품어 호수 색이다

호숫가 밤하늘엔
호수도 하늘도 별을 품었다

은하수 북두칠성 북극성 카시오페아 물개 전갈자리
무지개색 다이아몬드 호수에서 하늘까지 우주반경으로 반짝인다

동경 어린 내 눈빛
그렁이는 눈물 진주되어 반짝인다

사람의 행적이 거의 드문 이 정원 벤치에 누워 밤하늘의 별을 보는 시간에는 집안에서 흘러나오는 미세한 불빛도 방해가 된다. 집안의 온등을 소등하고 바라보는 하늘은 나를 동화 속 아이로 데려다준다.

가끔 들려오는 고라니 울음소리가 아기 울음소리 같아 기겁하고 달려들어 온 산골 생활 초보일 때를 제외하곤 무난히 맘껏 밤하늘의 무수한 별들도 별똥별도 쉴 새 없이 바라본다. 가을 벼를 베는 시간이 오면 은하수가 내 머리 위 떠 있다고 알려주시던 아버지 얼굴도 그려보며. 어린 시절 삶은 옥수수를 배부르게 먹고 툇마루에 누워 밤하늘을 보던 시절 추억을 회상했다.

전성기 여름을 보내며 전성기를 생각하다

잘 산다는 것은 과연 무엇일까? 모든 사람이 성공하고 모든 사람이 부자가 되는 세상 본 적 없다. 하지만 여전히 그 삶을 동경하며 그 삶을 살아야 한다는 신념이 있었다. 이러한 삶을 살아오면서 나와 사랑하는 가족에게 남는 것은 과연 무엇일까 생각해보며 허무와 실망만이 밀려왔었다.

2006년도부터 시작된 자연으로의 복귀는 가족을 살리게 되는 계기가 되었다. 자연을 보며 피조 세계의 일부인 인생이 무엇인지 관조하게 되었다. 돌담의 장미와 길가의 꽃마리의 다름을 보며 인생 각자에게 허락된 섭리와 목적을 감지하게 되었고 그에 대한 수용이 시작되었다.

한낮의 뜨거운 태양과 장맛비와 광풍과 곰팡이와 싸우는 변화무쌍한 여름 날씨는 인생의 적나라한 단면을 보여주었다. 그래도 여전히 뜨거운 햇살에 시원한 빗줄기에 자연은 무럭무럭 겁 없이 잘도 자랐다.

마치 병치레를 한 아이가 더 쑥쑥 잘 자라듯이 여름에 때론 아파하며 때론 골치 썩으며 더 성숙해지고 있었다. 때론 아프고 때론 수고해야 열매를 맺는 가을을 기다리며 숲속에서 성장통을 겪는 중이었다.

자연은 그러한 나의 감정은 아랑곳하지 않고 그분의 선물을 아침저녁, 때로는 새벽에도, 잠 못 드는 밤에도 다양한 모양과 색감과 구도로 내 앞에 배달해주었다. 그리고 그 선물 보따리를 풀면 그 안에는 사랑의 연애편지가 고이 접어 놓여 있다.

부전자전 깜돌이와 깜순이

전원생활을 막 시작했을 때 한 지인이 강아지 한 마리를 산골에 데리고 왔다. 갈색 안경테를 걸친 듯한, 얼굴만 빼곤 온통 까만, 다리가 몸에 비해 엉거주춤 긴 깜돌이였다. 그날 밤 그 주인이 자기를 이런 촌구석에 두고 갈지도 모른다는 불안함과 초조함으로 몸을 부들부들 떨고 있었지만 딱 하룻밤 지나고 아침이 되자 들로 산으로 누비기 시작했다.

낯선 차가 이곳 산골 마을에 들어오면 도로 안내를 하는지 운전자들을 번거롭게 하기도 하면서 조바심 나게 하였다. 무서운 아저씨 운전자에게 호통을 듣고서야 그 녀석의 거취 문제를 구체적으로 고민하기 시작했다. 전 주인에게 돌려주어야 하나, 그렇다고 장난꾸러기로 말썽을 부리긴 하지만 맘껏 전원생활을 즐기는 녀석을 강제 이주시킬 수 없는 노릇이었다.

어느 날부터 깜돌이가 안주인의 마음을 눈치라도 챘는지 모습이 보이지 않았다. 아무리 산골 마을에 차가 들락거려도, 앞산 꿩들이 유유자적 거닐어도 그들의 꽁무니를 쫓는 깜돌이는 보이지 않았다. 며칠 동안 깜돌이 이름을 부르며 온 동네를 찾아보았지만 깜돌이는 영영 돌아오지 않았다. "말썽꾸러기라도 좋다! 집에만 돌아와다오." 오랜만에 산골 마을에 적막이 흘렀다.

어느 일요일 아침 동네 아주머니가 비료 포대에 깜돌이의 새끼라며, 강아지를 담아 집 앞에 획 던져놓고 갔다. 우리 가족은 갈색 안경테 하며 온몸이 까만 깜돌이의 딸 깜순이를 만나게 되었다. 깜순이는 어미를 닮았는지 깜돌이처럼 다리가 엉성하지 않아 다행이었다. 어쩌면 그렇게 부전자전 아비를 닮아서인지 깜순이는 뜰에 온 지 하루가 되지 않아 산이고 밭이고 안 가는 곳이 없었다. 닭 쫓던 개 지붕만 쳐다본다더니, 꿩을 쫓다 터덜터덜 산에서 내려오는 모습하며 차만 들어오면 먼저 앞서 나가 흥분하는 모습하며 어쩌면 그렇게 아비 깜돌이를 닮았는지.

씨는 못 속인다는 말처럼 부전자전 깜돌이와 깜순이 이야기는 피와 유전인자의 신비로움을 이야기할 때는 언제나 등장하는 이야기가 되었다. 그 후에 태어난 머털이는 깜순이가 동네 청년 복실이와 결혼해서 얻은 깜돌이의 손자가 되는 셈이다. 이렇게 해서 깜순이와 머털이는 방문객들에게 귀여움을 독차지하거나 사진 속에 언제나 등장하는 마스코트가 되었다.

꽃들의 입장 퇴장

보랏빛, 노란빛 붓꽃이 허리와 가슴을 쭈우욱 펴고 고고한 자태를 뽐낼 쯤 패랭이가 질세라 귀여운 턱을 세우고 볼을 내민다. 은은하던 찔레꽃이 다소곳이 뒷걸음쳐 사라지자 나의 시야에 환히 보이는 핏빛 수줍은 넝쿨 장미, 아! 참 작은 방울이 조롱조롱 달려 있어 성모님의 눈물이란 별명을 가진 은방울꽃 이야기는 놓쳐 버렸네.

도도한 입술로 종알거릴 달리아가 이제 입장을 기다리고 있네. 마법에 나를 취하게 하는 하얀 백합과 보랏빛 엉겅퀴는 어찌할까? 내가 나의 숲 정원을 자랑하고 있음이 들통이 나도 어쩔 수 없다. 나에게 숲 정원은 영국의 헤러즈 백화점 본차이나 찻잔보다 화려하고 파리의 라파에트 백화점의 향수보다 향그럽다.

미국의 가장 사랑 받는 동화작가 타샤 할머니도 숲속에서의 삶을 말하지 않았는가?

"요즈음 사람들이 너무 정신없이 살아요. 카모마일 차를 마시고 저녁에 현관 앞에 앉아 개똥지빠귀 소리를 들어요."

자연 속에선 내가 누구이며 어떤 사람이라고 소리 지르지 않아도 되고, 잘난 척, 예쁜 척하지 않아도 된다. 그냥 어우러져 각자의 자리에서 각자의 향기를 피우면 된다. 때에 맞게 등장하고 때에 맞게 퇴장할 줄도 그들은 안다. 조화롭고 질서가 있다.

감상하는 자에게 우아한 자태를 자랑하는 왕비와 공주의 기품을 가지고 있는 꽃들은 그 뿌리들이 하는 행태를 보고 있으면 온전히 무수리의 모습이다. 그렇지, 우아함과 성숙은 쉽게 얻어지지 않는 거지.

주인이 꽃을 이리저리 옮겨 심거나 가물어도 물을 주지 않으면 필사적으로 뿌리를 끙끙대며 땅에 뿌리를 내리려 애쓴다. 건강한 녀석은 대체로 뿌리를 빨리 내리고 빨리 꽃을 피운다. 약하고 키가 작은 녀석은 몸부림치다가, 투쟁하다가 끝끝내 꽃을 피운다.

내가 아는 모든 식물은 다 꽃을 피운다. 어떤 자는 조금 일찍, 어떤 자는 조금 늦게 모두 모두 꽃을 피운다. 마침내, 찬 겨울이 오기 전에 꼭 한 번은. 언젠가 방송에서 백 년에 한 번 꽃을 피운다는 대나무가 충남 논산에 활짝 폈다는 소식을 들었다. 죽기 전에라도 한 번 피어 보는 대나무꽃!

새와 나비들의 사랑

새봄에 시작된 앞산 뒷산의 곤충과 새들이 아름다운 세레나데를 부르는 짝짓기 시절이 끝났다. 초여름에는 신혼집을 꾸민 듯 여전히 새들은 살갑고 다정하게 사랑을 외쳐대곤 한다.

암수 짝짓기를 하며 유희를 즐기는 곤충들을 보면 괜히 "에잇, 이 발칙한 녀석들!" 하며 훼방을 놓고 싶은 장난기가 발동되기도 하지만 자연의 순리에 따른 성스런 행위를 존중해주고 싶어 모르는 채 눈길을 돌려버린다. 흥미로운 것은 그들이 사랑을 나눌 때는 암수가 자연스런 음양의 형상, 즉 암수의 합체된 자세를 취하고 있다는 것이었다.

자연스러운 것은 아름답고, 자연스러운 것은 건강하며, 자연스러운 것은 기품이 있는 것과 상통한다는 것일까? 아름다움 또한 자연에서 발생된 것이고, 자연은 진리의 이치를 담고 있음을 꽃에게서도 새를 보아도 그들의 사랑의 형태를 보아도 알 수 있다.

그들의 사랑을 나누는 모습은 암수의 아름답고 자연스런 조화를 이룬다. 그들에게선 음과 음 또는 양과 양의 역리적인 성적인 유희 장면을 본 적이 없다. 그러한 행위는 인간만이 선택한 희한한 세계이다.

우리나라 청소년들의 역리적인 사랑 형태인 동성연애자들이 늘고 있다는 통계다. 포스트모던 시대의 현상들이 기준이나 표준 없이 내 맘대로 방식이 곧 진리가 된다고 유혹할 때, 이들도 그 풍랑 속 배에 올라타 이리저리 갈팡질팡 휩쓸리고 있다.

그들은 또한 유행의 첨단을 누리고 있는 것처럼 다원화된 성 표현의 자유를 주장하며 법적으로 보호받기 위해 안간힘을 쓰고 있다. 그들이 주장하는 선천적으로 생물학적으로 동성애자로 태어났기 때문에 불가항력 적으로 어쩔 수 없이 동성애자로 살아야 된다는 주장은 과학적 근거가 미약한 상태이다.

안타깝게도 동성애자들은 후천적 요인 즉, 성장과정 중 동성으로부터의 성추행이나 성폭행을 당했을 경우, 자괴감과 파멸감을 가지게 되는데 이 묘한 짐승적 쾌감은 또 다른 동성애자를 만드는 악순환의 고리를 만들어간다는 것이 일반적으로 여러 분야에서의 연구 결과이다.

궁극적으로 사람을 살리는 건강한 쾌락이 있다. 궁극적으로 사람을 죽이고 망하게 하는 쾌락도 있다. 자신을 결국에 망하게 하는 순간의 선택이 중독으로 연속되어 헤어나오지 못하는 경우도 많다. 이러한 쾌락을 주의하고 회피하고 단호히 부정해야 한다.

숲에서도 호락호락하지 않은 요소들이 도사리고 있어 조심하고 주의하고 경계하지 않으면 독사에 물리거나 말벌에 쏘이거나 멧돼지의 공격을 받아 생명에 지장을 받을 수도 있다. 에덴동산에서도 뱀의 무리들은 금지된 사과가 보암직스럽고 먹음직스럽다며 우리를 끊임없이 유혹하지 않았는가?

무궁화꽃과 코스모폴리탄적 묵상

1985년 여름, 배낭 하나 메고 유럽 땅을 밟게 된 것이 유럽과의 첫 만남이었다. 문화적으로 언어적, 지리적으로 우리에게 낯설게 느껴졌던 그 시기에 유럽의 첫인상은 참 평화스러웠다. 한국사회보다는 다양한 인종의 사람들과 그만큼 다양한 문화가 공존하고 있다는 첫인상이 무척 강했다.

유럽에 처음 발을 내딛는 순간부터 이상하리만큼 고향에 안착한 듯 안도감을 느꼈던 이유는 아마도 당시 한국의 사회적, 정치적 상황이 폭풍의 전야와 같았기 때문이리라. 폭력시위와 무력 진압의 최루탄과 혼돈과 무질서로 얼룩진 세상과는 대조적으로 출현한 '신세계' 서유럽은 더도 덜도 아닌, 교과서에서만 볼 수 있는 선진국의 모습이었다.

이후 약 10년 뒤, 동서 냉전 체제가 붕괴된 90년도의 유럽, 그리고 유로라는 공통 화폐단위를 통일하여 유럽 경제의 부흥과 통합을 추구하는

2000년도의 유럽까지 10여 년을 그곳에서 생활하고 보고, 체득할 수 있는 기회가 있었다. 이 유럽에서의 삶은 코스모폴리탄의 세계관을 갖는 데에 직접적, 간접적인 영향을 주었을 테다.

사람 모두는 지구촌에서 함께 살아가야 하는 이웃이며, 창조주 앞에는 모두 평등하고 존귀한 자들이라는 사실을 확인하는 계기가 되었다. 그러한 세계관은 자연에 들어와 살면서도 변함없이 실천해야 하고, 실행해야 하는 삶의 가치관으로 자리매김하였다.

깊이가 있는 진리는 호들갑 떨지 않아도 침묵으로도 말하는 법이므로 스스로 조용한 실천을 약속했다. 무궁화꽃이 피기 시작하는 무성한 여름이 되면 유럽을 간다며 설레어 준비하던 그 시절 초여름 낮의 그 광경을 그려본다.

그녀는 아직 이른 아침 이슬에 맺힌 블루베릴 딴다

그리 시지도 달지도 않고 입안에서
토옥 터지는 그윽한 향이 창문 너머 그녀를 잡아끈다
잠 덜 깬 촉감으로 블루베리 더듬으니
우수수 그녀의 손안에 오각형 배꼽이 자지러진다
'예쁘기도 하지'
그 어느 분의 목적과 계획으로 디자인된 작은 우주 블루베리
신비와 오묘함 조화 질서 가득 차 있는 작은 꼬마 세상
그녀의 가슴 콩닥콩닥 방방이질하니
심장 피가 용솟음치며 검붉은 진액되어 흐른다
오늘 또 다른 살 만한 세상인 거다
그녀는 아직 이른 아침 이슬에 맺힌 블루베릴 딴다

제6부

가을, 겨울 숲 정원 일기

가을 들판

가을 들판을 걸으면 마음이 부자가 된다. 한 해 벼농사가 마무리되고 있음을 동네 할아버지 할머니께서 가을걷이한 벼를 말리시느라 분주하신 모습을 보면 알 수 있다. 어렴풋한 저녁 무렵 곱게 수건을 머리에 두르신 할머니와 할아버지의 모습은 한국의 '만종'을 연출해내었다. 어슴푸레 물안개가 내려앉는 저녁에 농부 부부는 이마를 맞대고, 서로의 머리를 교차하기도 하며 아름다운 그림이 되었다.

언덕 위의 중년 부부가 가꾼 텃밭에는 해바라기들이 겸허하게 고개를 숙여 가을을 감사하는 것 같다. 봄부터 열심히 가꾼 덕에 올해는 방부제 없는 순수한 무공해의 해바라기씨를 먹기도 하고 시장에 팔기도 할 거라고. 이 조그만 씨껍질을 언제 다 까느냐고 물어보면 미국 야구선수들은 구장에 나가서 시합 도중에 해바라기씨를 까먹으며 긴장을 풀기도 한다며 작은 해바라기씨가 우리에게 베푸는 '여유'를 찬미하기도 하였다.

가을이 지나치기 전에 밭 언덕에 누런 호박이 뒹굴기 시작하면 산골 가족들은 고구마를 캐느라 이마에 흐르는 땀을 훔치기도 하였다. 뒷마을 배 과수원 부부는 배가 풍년이라 가격이 많이 떨어졌지만 아직 십분의 일밖에 따지 못했다고 풍성한 수확을 자랑하기도 한다.

국화 향기는 짙어 꿀벌과 나비들을 유혹하고 단풍나무, 느티나무, 은행잎에는 밤새 어느 화가가 빨간색, 노란색, 주홍색으로 색칠을 해놓았다. 세계 경제가 곤두박질치고 있다는 세상 속에서도 여전히 자연은 숨죽여 조용히 자기의 몫을 다하고 있는 참 고맙고 진실한 친구이다.

은행의 주택자금 상환금이 우리를 옥죄어도 따스한 가을빛은 우리의 볼과 등을 부드럽게 어루만지고, 흐드러지게 핀 들국화와 살랑이는 코스모스와 들판에 심은 알토랑 고구마가 위로하는 것 같다. 마음을 낮은 곳에 두고 밑바닥에 내려놓으면 더 넘어지거나 잃을 것이 없을 텐데, 언제부터인가 거품과 허영 속에 살아온 삶들이 우리를 더욱 못 견디게 한다. 여전히 가을의 신선한 공기, 청명한 푸른 가을 하늘과 정열적으로 불타는 가을 산은 농부의 마음만큼 나를 부자로 만들어준다.

가을날의 다짐

어여쁜 가을,

고와도 가을은 아프다

산림박물관 산책길

저리 아름답게 고운, 황홀한 빛깔로 물든 빛에

눈물이 바람에 섞여 그렁그렁

호수 눈망울로 만들어준다

다시 없는 날들이 아쉽고

한 줌 햇살이 내일과 다른 또 하나의 이야기로

일렁이는 바람 속에 갈무리를 시작할 때쯤,

아침이 가끔 무겁다 하소연하면

어느 철학자의 조언처럼

가을엔 차라리 무겁게 시작하자

가끔은 마이스키가 연주한 김연준의 엘레지 듣는 일을

눈에 맺히는 눈물이 더 잘 맺히도록 도와주자

현을 무참히 긋는 포레의 애가

그 눈물의 클라이맥스를 즐기게 해주자

아플 땐 울고 행복할 땐 웃고

이율배반자처럼 살지 말고

사랑받고 싶을 땐 사랑받고

아플 땐 사랑받고 싶다고 말하자

가을엔, 가을엔 솔직해지자

금강자연휴양림

가을이면 이유 없이 슬퍼지거나 멜랑꼴리해지는 기분을 느끼곤 한다. 그런 기분이 들면 그 심정을 표출해내는 시가 있어 참 다행이라 생각했다. 가을이면 시를 쓰려 고민하지 않아도 시인이 된다. 가을이면 열렬히 연애하는 사람처럼 사랑의 시를 읊는다.

금강자연휴양림 중에서 메타세쿼이아 숲길과 작은 동물원으로 이어지는 길은 산책을 하기에 좋은 곳이다. 동물들은 눈을 마주쳐도 무표정하거나 관심을 보이지 않는다. 사육사가 넣어주는 풍부한 먹을거리에도 동물원의 곰은 입맛을 잃고 살맛을 잃은 듯 그리 행복해 보이지 않는다. 나처럼 때론 울고 웃고 아파하고 괴로워해도 수고하고 거두는 힘겨운 인생이 오히려 얼마나 축복인가?

구경꾼의 동태에 겁을 먹고 조바심에 이리저리 날아다니는 철장 속 앙징스런 원앙새들보다 나는 자유로운 영혼이 아닌가? 때때로 내 맘의 정욕과 시기, 미움이 짐승보다 벌레보다 못 하다는 자각, 한계에 가슴 절절해도 포기하지 않고 숭고하고 거룩한 꿈을 꾸려 애쓰는 사람이라는 것이 행복하다.

온통 화원이다

뜰 주위의 자연에서 나오는 식물과 꽃으로 꽃꽂이를 하는 것을 즐긴다. 앞 실개울에 가을이면 억새가 흐드러지게 피고, 작은 연못에 부들이 얼굴을 내밀고. 자연은 그 자체가 제일 아름다운 꽃꽂이이고 최고의 플로리스트이기도 하다. 지천으로 피어 있는 꽃과 그 많은 종류의 풀들과 바위들 그리고 잘려 메말라져 내동댕이쳐진 나뭇가지들과 그 아래 깔린 습습한 이끼. 자연은 자유롭게 자신을 표현하는 데 제한을 두지 않는다. 자유분방하지만 그 안에는 보이지 않는 질서가 숨어 있다. 익살과 재미가 있다.

다행히 자연과 우주를 캔버스로 대작을 창조해내는 예술가이신 그분의 작품을 모방하고 필사해도, 저작권이나 판권을 내세우며 로열티를 내놓으라 하지 않으니 이 또한 얼마나 감개무량한 일인가. 하마터면 경제적 능력의 역부족으로 그러한 행복감을 송두리째 빼앗길 뻔했다.

티 타임엔 에덴동산이 그려진다

티 타임엔 에덴동산이 그려진다
아담과 이브 에덴동산 거닌다
배 따고 감 따고 벼도 타작한다
사냥하고 샘터에선 가죽 양동이에 물도 긷는다

가끔 야자수 그늘 아래 양동이 내려두고 쉴라치면
어느새 야자수 열매 물잔에 땀방울 툭 떨어진다
흩날리는 이파리 그 위 소로록 떨어지니 티 타임이다

티 타임엔 에덴동산이 그려진다

나도 매일 삶의 에덴동산을 거닌다

애쓰고 노동하고 돈 번다
아이 낳고 키운다

가끔 낡고 작은 식탁 한구석에 앞치마 벗어두고 쉴라치면
어느새 하얀 찻잔에 땀방울 툭 떨어진다
흩뿌려진 홍차 잎 우려진 티 타임이다

티 타임엔 에덴동산이 그려진다

Tea, Talk, Table 클린 파티를 기획하다

자작 그림과 자작시로 미국에서 출판하게 된 저서『Tea, Talk, Table』은 차 한잔에도 치유의 힘이 담겨 있다는 철학을 담고 있다. 숲 정원에서 청정한 환경과 정신을 보전하자는 취지로 파티 컨셉을 잡아 클린 파티라는 모델을 설정해보기로 했다. 일회용품 없는 파티, 고성방가 소음 없는 파티, 흡연과 음주 없는 파티.

건강하고 깨끗하고 아름다운 파티의 모델에 대한 바람이랄까? 진정한 파티의 의미는 무엇일까에 대한 고민에서일까?

사람들은 술 한잔 없는 파티가 과연 파티인가? 흡연과 노래방 기계가 없는 파티가 파티인가? 라며 의아해했다. 일반적이지 않고 편협된 아이디어 때문에 성공적인 파티가 되지 못할지도 모른다며 일부 사람들의 빈축을 사기도 했다.

하지만 숲에서의 고성방가는 새들, 산짐승들, 나무 등의 생태계를 훼방하고 그들의 거주 권리를 침해하는 것이다. 숲속 흡연은 무시무시한 산불 재앙을 불러올 수도 있으며, 음주는 파티 후 안전 귀가를 보장해주지 않는다는 점등도 클린 파티의 유익함을 설명하기에 충분하였다.

흡연가, 애주가들의 이런 불편하고 독특한 파티 경험이 오히려 사람 사이에서 건전한 희망의 실마리를 발견했으며 건강하고 아름다운 추억을 선물 받았다는 고백과 증언들로 돌아왔다. 클린 파티에 대한 기획의 필요성이 더 정당화되는 계기가 만들어진 것이다

티 테이블

가을은 그토록 좋아하는 티 타임의 계절이기도 하다. 벨기에의 브로칸트 벼룩시장에서부터 시작되어 오래된 접시와 오래된 차주전자와 찻잔을 모아왔다. 정확히 기억을 더듬어보면 독일의 플로 마흐트 벼룩시장도 즐겨 다녔다. 벼룩도 있다는 벼룩시장, 벼룩까지 있다는 벼룩시장은 그 안에서 필요하고 진기한 것들을 발견하며 유레카를 외칠 때도 있다.

잃어버린 오래된 가구의 문고리 열쇠를 발견하거나 컵이 깨져 소서만 덩그러니 무용지물이던 컵 세트를 그곳에서 발견해 짝을 맞추는 기쁨 같은 것들이다. 특히 먼지 쌓였던 그릇들이 주방과 거실과 테라스를 장식하는 작품이 되기도 한다. 다양한 디자인과 패턴의 다기들을 보면 마치 사람들을 보는 것 같다.

티 테이블 위의 세계는 마치 어린 시절 소꿉놀이를 하듯 아기자기함과 앙징스러움이 돋보여, 어른이 되면서 하찮게 여겼던 소소한 것, 시간에 대한 감상이 되살아나는 순간이다. 철철이 정원에 피고 지는 꽃과 허브는 몇 발짝의 수고로 우아함과 화려함을 동시에 연출해준다.

어릴 적 엄마의 건강 악화로 척박한 시골에 아이들을 줄줄이 데리고 이사를 오신 이후로, 유일하게 아버지가 행복해 보이셨던 순간도 시골 마당에서 꽃을 돌보고 아끼고 감상하실 때였다. 팔 남매를 슬하에 두고 여유롭지 않던 가정형편에도 아버지가 미소를 지으실 이유는 꽃밭에 정성스레 가꾼 꽃들이 꽃을 피우는 것을 바라보며 자연이 주는 풍성함을 맘껏 누리실 때였다. 아버지가 가르쳐주신 가장 값어치 있는 유산이었다. '자연과 함께하며 아름답고 행복해지기'의 비밀이 담긴 유언장이랄까?

봄에 딴 장미 봉오리는 언제나 오감을 행복하게 하는 차였다. 민트는 화병이 많은 여인에게 특히 좋다 해서 한동안 자주 즐겨 마시는 차이고, 뜰 주위에서 채집한 청명한 가을하늘 아래 카모마일은 쌀쌀해지는 가을 밤을 달래기에 최고 좋은 차이다.

뜰을 드나드는 다양한 사람들과 많은 경우 차 한잔으로도 흡족한 대화로 소통이 오간다. 설령 그리 목적 지향적인 대화가 아니더라도 서로 얼굴을 보며 자연을 오감으로 느끼며 따스한 온기를 나누는 것만으로도 괜찮다. 스스로 옛 다방의 마담이나 레지가 아니라고 주장하며 꺼려왔던 차 대접이나 차 시중도 시간이 흐르며 익숙한 일과가 되고 있다.

남편은 그런 모습을 보는 것을 불편해하는 것 같다. 그러면서도 해외 순방길엔 나라마다 생산되는 유기농 차 선물을 잊지 않는다. 유일하게 아내가 반기고 환영하는, 실패하지 않는 선물이다. 하지만 영국의 안나라는 백작 부인으로부터 시작된 귀족 티 타임의 유래를 알았다면 차 끓이는 여인에 대해 그리 부정적이고 관습적인 시선으로만 바라보지 않았을 것을.

티 테이블에 둘러앉아 차를 마시며 이야기를 나눌 때 뜰이 불그스레 물들곤 했다. 홍차 덕분인지 서산에 지는 낙조 덕분인지.

밤마다 연애편지를 받다

잠 못 이루는 밤엔

살며시 일어나 창밖을 응시합니다

검은빛 사이로 기다리는 누군가의 그림자

총총걸음으로 다가와 내 손을 잡는 별빛이

미소로 윙크하는 밤의 향기가

수줍어 얼굴 붉히며 목화솜으로 얼굴을 가립니다

계속되는 세레나데에 잠 못 이루고

귀를 막고 신음하다 잠든 어젯밤에도

대문 앞 넓은 은빛 대지 위에 깨알 같은 글씨로 쓴

애끓는 마음 알아달라는 연애편지 하나 뒹굴고 있습니다

희미한 새벽 달빛이 편지를 주워 듭니다

보름이 되면 보름달이 기운을 앗아가 잠 못 들게 한다고 서양의 친구들은 말하곤 했다. 가끔 잠 못 이루는 밤, 발코니에 나가면 보름달이 여전히 훤히 비추며 맞아주곤 했다.

산골 아침 풍경

아침마다 촌각을 다투는 광경은 도시나 산골에서도 일반이었다. 마을 어귀까지 와주는 스쿨버스를 놓치지 않으려고 승희 엄마는 단잠을 자는 아이를 고함질러 깨우기도 하고, 하루종일 학교에서 지낼 아이를 위해 엄마는 바쁘게 식사를 준비했다. 미처 못 챙긴 준비물을 확인하고 엄마는 또 아들에게 호통을 친다.

막내아이가 잠이 깨지 않아 눈을 비비고 있을 때 엄마는 아이 입에 밥숟가락을 집어넣는다. 엄마는 시계를 보며 아이에게 겉옷을 입히며 고함을 친다. "버스 떠난대" 밖에 기다리던 깜순이, 흰둥이, 누렁이도 이들을 배웅하느라 괜히 바빠지고 아이들은 세 마리 강아지들에게 졸린 눈으로 인사를 하는 둥 마는 둥 하지만 이 녀석들은 황홀한 눈으로 어린 주인님들을 응시하며 꼬리를 흔들어댄다.

엄마가 출발을 신호하면 세 명의 아이들과 엄마 그리고 흰둥이, 누렁이, 깜순이까지 온 식구가 뿌연 안갯속에서 대이동을 한다. 겨울 기운이 쌀쌀한지 엄마는 막내에게 얇은 모포를 씌워준다.

엄마는 스쿨버스가 기다리고 있는 마을 어귀까지 마저 먹지 못한 밥을 사발에 담아 나와 아이가 걷고 있는 사이에 밥을 떠넣어 준다. 아무도 보는 이 없는 산골에서나 가능한 일이다. 이럴 때면 눈웃음을 잘 치는 막내아들은 한 번씩 엄마를 올려다보며 씩 웃으며 사랑을 표현하곤 한다.

승희네 옆집, 성우네도 아침엔 한바탕 전쟁을 치른다. 큰 병원에서 근무하는 성우 엄마는 새벽에 일어나 출근 준비를 해야 한다. 큰딸이 중학교를 간 이후로 딸을 학교에 데려다 주어야 하니 더욱 바빠졌다. 도서관에서 늦게 돌아온 딸을 이른 아침마다 깨우는 것 또한 여간 힘든 일이 아니다. 딸아이에게 종용해서 간단히 아침을 먹이고 초등학생인 둘째 아이와 남편을 위해 밥상을 차려놓는다.

그 윗집도, 그 아랫집도 아침 풍경은 모두 일반이다. 이들이 일과를 마치고 집을 향해 돌아올 즈음, 촌각을 다투던 아침 전쟁은 온데간데없이 기억하지 못한다. 이젠 따스한 호박색 불빛 아래서 옹기종기 둘러앉아 머리 맞대고 식사를 즐기고 있다. 아침이 어떠했을지라도 모두 돌아와 한 지붕 아래 모인 가족은 유별스럽게 화기애애하진 않아도 옹기종기 불빛 아래 모인 그림만으로도 감사의 기도를 올리고픈 저녁이다.

자유주의자 깜순이

강아지 깜순이는 산과 들에서 자기가 원하는 대로 살아가는 자유주의자이다. 연애도 사랑도 주거방식도. 덕분에 6개월에 한 번씩 출산의 고통으로 대가를 치러야 했다.

깜순이의 겨울 출산은 가족을 늘 긴장시켰다. 출산 전에는 마을에서 볏짚을 구해 깔아주어야 했다. 출산 후에는 읍 소재지에 나가 고기를 사 따스한 국물을 끓여 산후 뒷바라지를 해주었다. 밤새 어린 새끼가 얼어 죽지 않을까 남편은 늘 노심초사해야 했다. 깜순이도 마찬가지였다.

하늘 보기

하루아침 서리에 군더더기를 다 벗어버렸어요
벗을라치면 저리도 쉽게 벗어버릴 것을
밤새 안간힘 쓰며 잠 못 이루었을 거예요

형형색색 장식하던
이파리들 하나둘 떠나보내지 않으려고
밤새 남몰래 흐느꼈겠지요

하얗게 얼어붙은 서리
이젠 온몸으로 감싸 안으려고 눈 감고 고갤 드니
따스하게 감싸는 겨울 빛이 마중 나오네요
항상 겨울은, 겨울은

더 따스한 마음 마련하고 내 곁으로 온다는 걸,

모두 떠나보낸 후에 가볍게 온다는 걸

깨닫고 말았네요

겨울 편지

봄, 여름, 가을엔 긴 편지를 쓰지 못했어요
상추씨도 뿌려야 하고 가지, 고추, 토마토 모종도
구해야 했거든요

비 오는 날 무너진 내 맘 달래랴
장마에 견디지 못하고 무너진 앞산 달래랴
가을타는 사람들 마음 달래랴

어느새 조용히 가까이 와 있는 겨울엔
더 많은 이야기 담은 긴 편지를 쓸 거예요

씨 뿌린 이야기랑

모종을 돌보지 않아 말려버린 이야기랑
비 오는 날 눅눅한 곰팡이와의 전쟁이랑
이유 없이 무너진 가슴이랑

가을엔 사랑이 더 그리운 사람들 이야기
이런저런 편지를 쓰며 은색 숲속에서 겨울을 보낼 거예요

행복은 그렇게 기쁨과 슬픔의 교차로에서
내가 어떻게 열심히 살았는지
때로는 얼마나 바보 같았는지
어떻게 아파하고 얼마나 사랑했는지

금사 은사 풀어낸
그런 다음 겨울엔 더 행복해질 거예요

시와 책과 겨울

겨울엔 뜰에 찾아오는 사람들의 발길들이 뜸해졌다. 산골의 길은 늘 흰 눈으로 덮여 있고 겨울 해가 짧아 가족들이 오기 전 귀가하는 것이 힘이 들어서였다. 비교적 젊은 엄마 친구들은 방학을 맞아 아이들과 시간을 더 많이 보내고 있는 것 같다.

겨울 한낮은 창문으로 길게 들어오는 햇살 아래 책을 읽고 시를 쓰기에 안성맞춤이다. 긴긴 겨울밤은 딸을 그리며 조각 이불을, 그리고 앞치마와 레이스 보넷을 바느질하며 아무도 찾아오지 않는 숲속의 고요함을 만끽한다. 창문 밖 앞산에는 겨울 내내 나목의 그림자와 설경이 어우러져 보랏빛 물안개를 뿜어내고 있다.

숲 오너먼트 트리

성탄절을 기다리는 산골에서는 마른 개미취 꽃대와 갈대, 산에서 솎아낸 솔가지와 솔방울, 남천 이파리와 빨간 열매가 크리스마스 트리 오너먼트가 된다. 특별히 남천 나무는 겨울이 시작되면 초록 이파리와 빨강 열매로 변신하며 마치 성탄을 준비하는 마음으로 자기 자신을 성화시키는 성녀의 모습 같기도 하다.

자연에서 채집한 이러한 빨간 열매들이나 푸른 상록수 한 가지를 집안에 달아두면 성탄절은 이미 벌써 마음에 가까이 다가와 있다. 숲 오너먼트 트리는 제로 웨이스트(zero waste)라서 특별히 의미 있고 소중하다. 성탄 시즌이 지나면 자연 소재 오너먼트를 벽난로에 태우며, 다소 긴 숲의 겨울을 훈훈하게 만들어준 트리를 하늘 공기로 올려보내며 석별을 한다.

쉼, 쉼, 쉼, 겨울 산골

숲속 겨울은 유난히 길다. 가을걷이를 한 후에 이곳 산골 사람들도 긴 동면에 들어간다. 그동안 분주했던 야외 활동을 정리하고 따듯한 아랫목으로 움츠러드는 겨울이 온 것이다. 그동안 바삐 움직이느라 쉴 틈이 없었는데 겨울은 산골 사람들에게는 달콤한 휴식을 제공해준다.

밤마실을 오가며 긴 밤 바느질하면서 이야기꽃을 피우기도 한다. 하지만 다음 해 농사를 지을 텃밭이랑 꽃나무 수종, 그리고 꽃씨 등을 보관하고 채비하는 것을 잊지 말아야 한다. 때와 시기를 놓쳐 씨나 모종을 심지 못하면 그해에는 갈무리가 없을 테니까.

꿩 먹고 알 먹고

최근 먹거리에 대한 불신감과 불황 속에서 영국에서는 가정에서 닭을 키우는 가정이 많아졌다고 한다. 물론 작은 뜰이라도 허락이 되어야 하겠지만 닭을 집안에서 키우면 애완동물로서도 손색이 없으며, 건강하고 신선한 달걀을 제공해주는 영양의 공급처가 되기도 한다.

닭 한 마리는 5인분의 음식물쓰레기 처리를 할 수 있으니 사람과 닭 사이에 상호 공생의 원리가 잘 적용된다고.

새해를 맞아 여러 가지를 계획하고 실천하고자 하는 것들이 많이 있는데 올해에는 가족의 건강을 위해서 정서적 순화를 위해서라도 닭 한 마리를 키워보면 어떨까 하는 생각을 해보았다.

물론 닭의 배설물은 베란다의 식물을 키우는데 자양분이 될 것이니 '꿩 먹고 알 먹고', 일석삼조의 혜택을 볼 수 있지 않을까? 물론 닭을 잘 키우는 방법들을 숙지할 필요는 있겠지만 노른자와 흰자의 선이 분명한 신선한 달걀을 제공 받고 닭과의 교류 속에서 옛 추억을 그리며 경기의 침체로 마음까지 위축이 되는 요즈음 같은 시대에 소박한 작은 즐거움을 구가하지 않을까 하는 기대이다.

친환경 방법으로 닭을 키워 약 20만 원을 호가하는 차별화된 삼계탕으로 수입을 올리고 있는 한 사업자는 아파트에 살 때부터 닭을 키우며 연구를 했다 하니 마음만 먹으면 그리 불가능한 일도 아닌 듯싶다.

아무래도 동물에 그리 호감을 갖지 않은 이라면 베란다 한 켠에 상추나 깻잎, 고추, 가지 등을 심어 겨울 한철을 제외하곤 무공해 채소를 안심하고 먹을 수 있는 '채소 기르기'에 도전해보아도 좋을 성싶다.

우리나라에서도 오래전부터 아파트 주위의 공터나 텃밭을 일구어 도심지에 사는 가정들이 가꿀 수 있는 텃밭을 가꾸어 직접 신선한 채소를 생산해내도록 하는 주말농장이란 게 있다. 하지만 집안에 노인들이 계신 가정에서는 이미 '채소 기르기 재미'에 푹 빠져 시시때때로 식탁에 올라오는 푸성귀로 그야말로 풍성한 식탁을 차린다고들 하더라.

산업화, 도시화 과정 속에서 이미 멀어진 옛 시절의 추억을 되살려 채소를 손수 가꾸고, 토종닭도 키우는 삶은 가계에도 보탬이 될 뿐 아니라 건강과 정서적인 면에서도 더욱 따듯한 삶을 누리게 해 줄 것이라 기대해 본다. 올봄 아파트 베란다에 채소 키우기와 닭 기르기 계획 새해 아침에 강추한다.

겨울나기

온 하늘과 땅이 은백색으로 바뀌곤 하는 겨울은 깊은 눈 속을 헤쳐 나가 이웃을 만나야 했다. 간단한 용무 처리를 위해 도시로 외출하는 시간을 제외하면, 은백색 세계를 벗삼아 코끝에 와 닿는 시린 겨울의 비린내를 친구 삼아 스스로 겨울나기를 터득해야 했다.

언제나 하얀 설원에서 신이 나 코끝에 하얀 눈을 묻힌 강아지 세 마리는 테라스에 가끔 겨울 내음 맡으러 나온 안주인에게서 반가움에 눈을 떼지 않았다. 그들도 정적과 고요가 흐르는 숲속에 사람의 온기와 체취를 그리워하나 보다.

보디가드 깜순이와 머털이가 항상 옆에 있다는 것을 확인하는 시간 외에는 긴 겨울 숲속 동물들처럼 겨울잠을 잔다. 다음 해 뜰 축제를 그리며 꿈을 꾸고 있다. 이루기에 먼 꿈은 없다. 그 꿈은 머지않아 새봄에 새싹과 함께 피어날 꿈이다.

에필로그

숲에서 감성적인 삶을 살며 감성을 이야기하는 것은 애초부터 난관에 봉착했다. 하지만 그 난관에서 그 실마리를 풀어나가는 호기심과 긴장감이 멈출 수 없는 가속도로 진행되었다.

감성을 이해하고 접근하는 방식이 과학적 사고에 익숙한 사람들에게는 모순적이거나 어불성설일지도 모른다. 하지만 많은 저서와 자료들보다 탁월한 '감성'에 대한 성경의 우수한 자료들은 미와 사랑과 행복은 인간 본성에 잠재된 틔우고 피워줘야 할 싹이라는 것을 알게 해주었다.

이러한 일련의 시도는 감성 부분이 과학적 이성적 부분으로는 설명하기 어렵고 모호한 난관의 덕택으로 다소 무모한 시도가 가능했는지도 모른다. 용기와 담대함으로 펼쳐놓지 않았다면 불가능한 일로 사장되었을 이 책을 세상에 내놓게 하신 하나님께 감사드린다.

모든 지식이 그렇고 사유가 그렇듯이 나의 감성 이야기도 언젠가 그분의 얼굴을 마주하고 볼 때 더욱 분명해지리라. 지금은 희미한 그분의 감성을 찾아내기에 급급하여 다소 억지스럽게 감성을 정리하려 한 점도 부정하지 않는다. 하지만 그렇다고 전혀 부정의 의미로만 봐주질 않길 바란다. 앞장서 가시밭길을 헤쳐나가는 이에게는 언제나 박수를 받을 만한 자격이 주어지기 때문이다.

우리가 이제는 거울로 보는 것같이 희미하나 그때에는 얼굴과 얼굴을 대하여 볼 것이요.(고린도전서 13:12)

오늘이 마지막 하루라면

사랑하는 세 가족과 따스한 햇살 아래 사치스런 식탁을 차릴 테다
최후를 감사하며 '신의 눈물' 포도주로 멋지게 건배할 테다

사랑하는 부모, 형제, 친구들에게 전화를 걸 테다
그들과 함께 행복했고 사랑했노라며 작별인사를 할 테다
늘 해오던 나의 일상인 꿈꾸기도 계속 할 테다

천국으로 올라가 주님을 만나게 되면

잘 빚은 도자기 수반에 꽃잎 띄워 그 발아래 드릴 테다
아끼는 은주전자와 은수저 반짝반짝 닦아
장미꽃 만발한 정원에서 식사대접 해드릴 테다
주님 맛있게 드시는 모습 보기만 해도 행복할 테다

최근에 발견한 나의 심연에 가득 고인 아름다운 천국을 노래하는 시도 쓸 테다
지구에서 겪은 외로움, 슬픔, 기쁨을 지어 올려 드릴 테다
어여쁜 딸의 아름다운 첼로 연주에 맞춰 화성으로 맘껏 노래할 테다
그러다 목이 아프면 그림을 그릴 테다
이 우주 만물 오묘하게 창조하신 선생님 앞에서 미숙한 테크닉이라도 거침없이 뽐낼 테다

하늘나라 정원 소망하며 가꾸었던 뜰
눈 내리는 밤 아름다운 음악회와 아나바다 또다시 열어

숲속의 활기찬 사람들과 함께 감사의 날 마감할 테다

어둠이 내리면 달콤한 휴식을 취할 테다
별빛 달빛 반딧불 한꺼번에 끌어안고
행복한 보조개 만들어 솜털 베개에 묻힐 테다

2022년 여름 숲 정원에서

최영미

숲 정원

2022년 8월 8일 초판 1쇄 펴냄

지은이 _ 최영미
펴낸이 _ 양문규
펴낸곳 _ 詩와에세이

신고번호 _ 제2017-000025호
주　　소 _ (30021) 세종특별자치시 조치원읍 충현로 159, 상가동 107-1호
대표전화 _ (044)863-7652
팩시밀리 _ 0505-116-7653
휴대전화 _ 010-5355-7565
전자우편 _ sie2005@naver.com
공 급 처 _ 한국출판협동조합
주문전화 _ (02)716-5616
팩시밀리 _ (031)944-8234~6

ISBN 979-11-86111-24-5 (03810)

* 책값은 뒤표지에 표시되어 있습니다.